KB080135

이런 나여도 괜찮아

이런 나여도 괜찮아

초판 1쇄 발행 2018년 1월 22일

지은이 고희은

펴낸이 김제구
펴낸곳 리즈앤북
편집디자인 김태욱
인쇄 · 제본 한영문화사

출판등록 제2002-000447호
주소 04029 서울시 마포구 잔다리로 77 대창빌딩 402호
전화 02) 332-4037
팩스 02) 332-4031
이메일 ries0730@naver.com

값은 뒤표지에 있습니다.
ISBN 979-11-86349-73-1 03810

이런 나여도 괜찮아

고희은 지음

책 / 영화 / 내가 사랑한 시간

리즈앤북
ries & book

| 작가의 말 |

눈보라가 그치지 않아 아침이 이미 와 있는 줄도 몰랐다. 어둡고 긴 통로를 지나 어딘가에 당도했을 때, 햇살에 눈을 뜨지 못할까 봐 어리석은 염려를 했었다.

누가 붙잡은 것도 아니었는데, 늘 망설이며 제자리에서 꾸려온 삶. 하지만 그 긴 시간 동안 시인 바예호의 표현처럼 '신성한 의무감'에서 놓여나지 못했음을.

'자유로워야 하는 의무감! 오늘 자유롭지 못하면 결코 영원히 자유롭지 못할 것이다.'

이제라도 그렇게 살 수 있다면. 오늘 자유롭고, 오늘 사랑하고, 매 순간을 영원처럼, 그렇게.

어느 분야에서건 진정한 마니아가 되어보지 못했다. 책과 음악과 영화를 비슷한 정도로 좋아하고, 그에 대한 상념에 잠겨 걷는 시간을 사랑했다. 신촌의 집에서 서강대교를 건너 국회도서관까지 바람 속을 걸어서 오간 날들. 어느 순간, 책과 음악과 영화 속의 이야기에 오래 위로받았음을 깨달았을 때 글을 쓰고 싶어졌다. 그것들이 건넨 이야기에 귀 기울이지 않았더라면 매일 밤 나는 길을 잃었을 것이다.

넘치는 것을 꿈꾼 적이 없다. 그저 사랑하는 이들과 함께하고, 책을 읽고, 음악을 듣고, 길을 걸을 수 있다면. 눈물을 닦고 먼 길을 밟아 내게 온 이들에게 작은 위로라도 되어줄 수 있다면….

이 책은 부끄러운 내 지난날에 대한 기록이며, 그럼에도 나를 살게 한 일상 속의 모든 것들에 대한 기록이다.

떠나신 지 20년. 여전히 그리운 아버지께 이 책을 바친다.

2017년 겨울

고 희 은

목 차

Chapter 1 _ 책이 내게 꿈꾸라 한다

Chapter 2 _ 영화가 내게 말을 건다

Chapter 3 _ 음악으로 사색하는 몇 가지 방법

Chapter_1

책이 내게 꿈꾸라 한다

청춘, 옥탑방 수기

폭우가 쏟아지고 있다. 이런 날이면, 20대에 자취생활을 하던 나의 방이 생각난다. 신촌의 달동네 양옥집. 삐걱거리는 철제 계단 위로 허술하게 올린 작은 옥탑이었는데, 슬레이트로 된 지붕에 구불구불한 천정은 유난히 낮아 마치 다락방 같은 느낌을 주는 곳이었다. 창문을 열면 다닥다닥 붙은 이웃집들의 처마가 어긋난 날개처럼 서로 엉켜 있었다.

햇살 쏟아지는 주말엔 창가에 턱을 괴고 손에 잡힐 듯 가까운 옆집 지붕 위에서 한가로이 노니는 비둘기들의 움직임을 관찰했고, 비가 내리는 날이면 처마 밑에 앉아 헝클어진 안개와 잿빛 구름의 모서리 아래로 서울 시내를 굽어보곤 했다. 지금도 때때로 생각난다. 타다닥, 타다닥, 슬레이트 지붕 위로 세차게 듣던 그 빗소리.

대학 졸업 후 이런저런 사회생활의 우여곡절을 거치다 낙오자가 되어버린 시기. 바로 그 옥탑방에서 긴 방황의 시간을 보냈다. 하루 또 하루, 순간 또 순간을 그저 내려놓고 희미하게 존재하던 날들. 혹여 굶어죽지는 않을까 먹을거리를 싸들고 오던 오래된 친구 한 명을 제외하고, 유일한 대화상대는 주인집의 강아지들이었다.

어느 날, 침대에 모로 누워 화가 케테 콜비츠에 대한 책을 읽던 오후. 그녀가 임종 전 가족들에게 남겼다는 말에서 나도 모르게 울컥 눈물이 나버렸다.

나는 삶을 헛되이 보내지 않았고 최선을 다해 살아왔다.
이젠 내가 떠나게 내버려 두렴.
내 시대는 이제 지났단다.

그녀의 판화들. 흑백의 거친 선으로 표현된 고통스럽고 소외된 존재들의 음영. 그 속에서 꿈틀거리던, 날것 그대로 응집된 저항의 노래. 나는 삶을 헛되이 보내지 않았고 최선을 다해 살아왔다….
부끄러워서, 지리멸렬해서, 막막하고 또 막막해서 혼자 울었다. 그 말이 마치 얼마 전 돌아가신 아버지의 마지막 목소리처럼 들려왔던 것이다. 고향 제주를 떠나 육지로 나왔던 가난한 청년. 평생을 땀 흘려 일하다 가족들에게 유언 한마디 남기지 못한 채 갑작스레

먼 길을 떠나신, 나의 아버지. 며칠째 불도 켜지 않고 스탠드 아래서 책을 읽던 방을 나와 현관문을 열고 바라본 세상. 공기는 축축했고, 안개에 싸인 남산이 멀리 희미하게 보였고, 이상한 건 아무것도 없었다. 자기 연민에 빠진 한 초라한 존재가 세상의 어귀를 벗어나다 말고 어정쩡하게 서 있었을 뿐.

그 후 나는 오전엔 국회도서관에 앉아 책을 읽고 오후부턴 아르바이트를 시작했다. 최저임금에 가까운 시급을 받으며 일했지만, 1층에서 옥탑까지 나를 졸졸 따라오는 주인집 강아지들을 위해 귀갓길에 소시지나 쥐포 한 봉지씩을 꼬박꼬박 사는 것도 잊지 않았다. 집 문턱에 걸터앉아 멀리 서울의 야경을 보며 강아지들에게 쥐포를 뜯어주던 그 시간이 이상하리만치 나의 마음을 평화롭게 만들어주었다.

아픈 시간들이 가고, 다시 오고, 그렇게 삶은 계속되었다. 모든 것을 포기한 그 시절, 쌀과 김치를 나르던 나의 유일한 친구. 벽을 보고 누운 나의 등을 아프게 때리곤 하던 그 친구가 책상 위에 놓고 간 여분의 신용카드. 결국 한 번도 사용하지 않은 빛바랜 그 카드를 나는 아직도 간직하고 있다.

얼마 전 케이블 채널에서 애니메이션 〈라따뚜이〉를 다시 보다가, 예전에 무심코 봤을 땐 전혀 신경 쓰지 않았던 내용이 눈에 들어왔다. 친구와 가족을 한꺼번에 잃고 실의에 빠진 생쥐 레미. '잃어버린 것만 생각하다가는 눈앞에 놓인 것도 보지 못한다'는 상상 속 요리사 구스토의 말에 용기를 낸 레미는 용감하게 지하세계를 벗어난다. 평생 살아오던 터전을 나와 배관을 타고 지붕 위로 올라가 바라본 세상. 에펠탑의 아름다운 불빛이 반짝이는, 그곳은 파리였다. 그리고 레미는 타고난 재능을 펼칠 꿈을 꾸기 시작한다.

잃어버린 것만 생각하다가는 눈앞에 놓인 것도 보지 못한다. 잠시의 가벼운 위로일지라도, 그런 한조각의 위로들이 모이고 모여 삶을 견디게 하는 것. 무의미한 순간은 없다.

학창 시절, 누군가가 윤기가 날 때까지 칠판을 닦고, 균일한 크기의 피라미드에 대한 이론 대신에 차라리 우리 앞에 닥칠 일들을 밑줄 그어가며 써주었더라면….

파스테르나크의 책에서 읽은 바보 같은 글귀를 나는 이제 온전히 이해할 수 있겠다. 아무리 나이가 들어도 여전히 서툴고 때로 방황할 수밖에 없는 우리. 인생이 처음이기 때문이다. 꿈꾸기 적당한 때, 지금. 꿈꾸기 적당한 곳, 여기. 누구도 가르쳐주지 않은 미지의 길 위에서 오늘도 다시 시작이다.

이런 나여도 괜찮아

몇 해 전 가을, 파리 생제르맹 거리의 벤치에 앉아 다디단 초콜릿 시럽의 크레페를 먹고 있었다. 68혁명의 거리. "나의 욕망을 바꾸느니 세계의 질서를 바꾸겠어!" 대학 교양시간에 읽은 데카르트의 〈방법서설〉 한 구절을 호기롭게 바꿔 외쳤던 젊은 날을 떠올리다, 이제 곧 세계의 질서보다 내 척추의 질서를 더 걱정할 나이가 되겠지, 하는 생각에 피식 웃음이 났다. 조금만 걸어도 쉬어갈 자리부터 찾게 되다니. 어릴 때 좋아하지도 않던 단것은 또 왜 자꾸 먹고 있는 건지.

파리에서 가장 오래된 중세 건축물인 생제르맹 데프레 성당 안으로 들어섰다. 판테온으로 이장된 데카르트의 유골을 담은 석관이 남아 있는 성당. 6세기의 대리석 기둥, 긴 세월에 걸쳐 개축된 고딕과 로마네스크 양식의 아치와 천장. 그 아래 소박한 나무의자에 앉았다. 스테인드글라스를 통해 쏟아지는 햇살은 왜 늘 이토록 아득한지. 경이로웠던 가우디의 파밀리아 성당에서도, 알폰스 무하의 아름다운 스테인드글라스가 있던 프라하의 비투스 대성당에서도 미처 느끼지 못했던 순간. 이런 삶이어도 괜찮다고, 이런 나여도 괜찮다고, 누군가 조용히 속삭여주는 것만 같은 위로의 순간이었다.

어쩌면 종교의 힘이란 이런 어느 한순간이 아닐까. 커다란 축복이나 구원이 아니더라도, 그저 어느 한순간 쓸모없어 보이던 나를 긍정하게 하는 힘. 그래서 다른 존재들까지 사랑할 수 있게 하는 힘. 어디선가 희미하게 마른 꽃향기가 나는 듯했다.

코기토 에르고 숨(Cogito ergo sum)…. 성당 중앙의 작은 나무의자에 한참을 앉아 있다 나오는 길. 천 년 전의 복도를 걸으며 거대한 파이프오르간 아래 철문을 바라보니 마치 낯선 세계의 경계처럼 보였다. 문을 열면 다시 세상의 아침.

그리고 나도 '있기'를 원했다. 그것밖에는 바라지 않았다. 이것이 내 인생의 열쇠이다. 아무런 연관도 없어 보이던 모든 시도 밑바닥에 나는 같은 욕망을 발견한다. 나의 외부로 존재를 내쫓는 일, 순간순간에서 지방을 빼버리는 일, 순간순간들을

쥐어짜 그것들을 말리고, 나를 정화시키고, 나를 견고하게 만들고, 그리하여 색소폰 곡조의 맑고 명확한 소리를 내게 하는 일이 그것이다. 한편의 우화가 될 수조차 있을 것이다.

– 사르트르, 〈구토〉 中

생제르맹의 카페 거리. 어쩌면 나도 그저 '있기'를 원했기에 소멸되기 전에 이곳으로 왔는지도 모르겠다. 나의 고교 시절에 큰 영향을 미쳤던 작가 사르트르의 단골집이던 '카페 드 플로르'에 앉아 옛 추억을 떠올렸다. 바다가 있는 지방 도시. 거기에도 나름 예술을 사랑한다는 사람들이 모이는 카페가 있었다. '재즈 카페 미개인'이라는 간판이 걸려 있었는데, 그렇다고 딱히 재즈를 전문적으로 틀어주는 카페도 아니었고, 벽엔 핑크 플로이드나 크림의 LP 재킷들이 장식되어 있던 기억이 난다. 고딩 신분에 어찌어찌하다 멤버로 받아들여진 나를 포함해 척박한 소도시에서 꿋꿋하게 연극을 만들어 올리던 가난한 연극인과 가수, 지역방송 음악PD 등이 수시로 그곳에 모여들었다.

낡은 수동타자기가 얹혀 있는 장식용 돌벽 옆자리에 앉아 아트록의 기원이니 타르코프스키 영화의 메시지니 하는 따위의 쓸데없는 주제로 언쟁을 벌이고, 틈나면 바닷가로 우르르 몰려가 통기타를 치며 목청껏 노래를 부르곤 했던, 그 시절 내 영혼의 친구들.

다들 어찌 살아가고 있을까…. 절대로 떠나지 않을 것만 같던 젊음. 그 뒤에 오는 모든 것들을 받아들여야 하는 그것이 바로 인생이었다.

어느 순간부터였을까. 내가 싫어진 때는. 이래서는 안 되는데, 유령처럼, 패배자처럼, 이래서는 안 되는데, 바보처럼. 그렇게 점점 내가 싫어졌다. 고향 바다를 떠나 서울이란 도시로 온 이래 행복했던 기억이 별로 없었다. 대학을 졸업하고 이런저런 직장을 전전하면서도 서울을 떠날 생각 역시 쉽게 하지 못했다.

'이젠 지긋지긋합니다. 여행을 떠납니다.'

어느 순간, 폴 엘뤼아르처럼 그렇게 편지를 써놓고 사라지고 싶었다. 그가 했던 것처럼 타히티까지는 숨어들기 힘들더라도. 영화 〈퐁네프의 연인들〉에서 그 누구도 사랑하지 않음으로 그 누구에게도 존재하지 않았던 알렉스처럼 살아가던 나는, 어떤 특별한 기대도 없이 평소에 쓰던 작은 배낭 하나를 멘 채 길을 떠났다.

무료입장 시각에 맞춰 미술관을 순례하고, 어디에서든 광장에 드러누워 광합성을 하고, 하루 두어 개의 빵으로 끼니를 해결하며 참 오랜만에 타인의 시선에서 자유로웠다. 친절했던 이들과 사기꾼, 거리의 예술가와 노숙자, 난민과 집시와 강아지들의 동냥그릇.

세상 어느 곳에서나 별반 다를 바 없던 삶의 풍경들.

돌이켜보건대, 어릴 적부터 꿈꾸었던 그 무엇도 이루지 못했다. 시간에, 인생 앞에 겸손하지 못했던 내 청춘의 어리석음과 오만함을 후회한다. 그러나 이제 더 이상, 그럴듯한 무언가가 되려 하지 않아도 좋지 않을까. 이런 나여도 괜찮지 않을까. 여행 중에 지나친 그 수많은 길과 벽의 돌들처럼, 생긴 대로 굴러온 대로 나의 몫을 하면 되지 않을까.

아무 것도 아닌 나일지라도. 어려울 때 함께한 이들을 잊지 않으며, 진심을 악으로 갚지 않으며, 내가 받은 상처를 더 크게 돌려주지 않으며, 모든 생명이 소중한 존재로 태어났음을 잊지 않으며, 세상을 위한 작은 실천들에 무관심하지 않은…. 그런 사람으로 살고 싶다.

자기 앞의 생

어린 시절부터 문득문득 놀라곤 했다. 내가 앞으로 무엇을 하게 될지를 나만 모르고 다른 모두가 알고 있는 것 같았으니까. 어머니는 나름 모범생이었던 내가 출세해서 집안을 일으킬 거라 믿으셨고, 학창 시절엔 친구들을 통해 나의 미래를 들었다. 어떤 친구는 '일기 쓰는 걸 좋아하는 걸 보니' 글 쓰는 직업을 갖고 살 거라 했고, 어떤 친구는 '운이 좋으면' 라디오 DJ가 될 거라고 했다. 그리고 가장 친한 친구는 '사업으로 돈을 제법 벌어서 오지랖 떨며 주위에 퍼주고 살 것'이라 했다. 모두 땡!

"엄마. 제가 이렇게 기대에 못 미칠 줄을 미리 아셨더라면, 어릴 적 좋아하던 것들을 하게 해주셨을까요?" 모처럼 내려간 고향집에서 농담 반으로 던진 말에 눈을 흘기시는 어머니. 많이 늙으신 어머니는 게장을 제대로 못 드실 정도로 이가 상해 있다. 하얀 밥

위에 부지런히 살을 발라 놓아주시던 기억. 이젠 내가 하며 가슴이 저리다. 식사를 끝낸 뒤 화투를 점 백 원으로 치면서 적당한 완급 조절로 1만3천 원을 잃어드린다. “이런 게 치매예방에도 좋대.” 금세 기분이 좋아지신 어머니는 주말 드라마가 끝날 즈음 잠이 드셨고, 나는 조용히 거실로 나와 오래된 책장에서 〈자기 앞의 생〉을 다시 꺼냈다.

파리 근교 빈민가에서 창녀의 아이들과 함께 살아가는 아랍계 소년 모모. 로자 아줌마가 돈을 받고 자기들을 돌봐주는 것임을 알게 된 모모는 서럽게 울었지만, 송금이 끊어진 뒤에도 그녀는 모모를 버리지 않았다. 그리고 훗날 그녀가 늙고 병들어 ‘정신이 다른 곳으로 산책을 다니게 된’ 그때에 모모 역시 그녀를 버리지 않는다. 지하실의 어둠을 촛불로 밝히고, 늙고 냄새나지만 사랑할 수밖에 없는 그녀의 마지막을 함께하는 모모. 누군가를 진실로 사랑한다는 것은, 아름답고 추한 그의 모든 시간을 사랑하는 것이다.

엘리베이터도 없는 7층 아파트를 오르내리는 모모. 때로 뚜쟁이에 포주, 범죄소년으로 취급받는 모모. 하지만 끝내 사람을 포기하지 않고, 쓸모없는 우산에도 생명을 불어넣으며 살아가는 모모. 평생을 떠돌이장사꾼으로 살았던 하밀 할아버지가 알려준 삶의 유일한 이치. ‘사람은 사랑 없이는 살 수 없다.’ 창녀 엄마, 범죄자 아빠의 존재도 파괴하지 못한 모모의 담대한 영혼은 그를 지켜보는 사람에겐 가슴 시린 고통이다.

파리에 갔을 때, 어느 곳에서나 흑인과 아랍계 이민자들을 마주쳤었다. 모모처럼 극빈층에서 태어났거나 내전을 피해 죽을 각오로 그곳에 흘러들었을 사람들. 단속에 걸리면 언제든 잡아채 도망갈 수 있도록 줄이 메어진 보자기에 기념품을 펼쳐놓고, 그 줄 끝을 생명처럼 붙잡고 있는 그들을 볼 때마다 마음이 쓰라렸다. 저런 보자기를 어깨에 멘 모모의 모습을 파리 어느 길 위에서 마주칠 것만 같았다.

부패한 권력, 전쟁, 착취 구조를 순환시키는 강대국들. 세상을 병들게 하는 것은 어디에서나 별반 다르지 않다. 지금보다 젊었던 시절, 나의 일기장 첫 페이지엔 극작가 에른스트 톨러의 극중 대사가 적혀 있었다.

**"빌어먹을 놈의 세상. 우린 그저 목을 매달고 죽든지,
아니면 세상을 뒤엎어버리든지, 둘 중 하나를 택해야 해!"**

톨러는 뉴욕의 호텔 방에서 목을 매 자살했고, 나는 더 이상 세상을 뒤엎을 궁리를 하지 않는다. 그래도 살아남아야지. 그의 말처

럼 아직 꿈을 꿀 힘은 남아 있으니. 날마다 낙원이 올 수 있고, 밤마다 홍수가 올 수도 있으니.

"하밀 할아버지, 하밀 할아버지!"
내가 이렇게 할아버지를 부른 것은 그를 사랑하고
그의 이름을 아는 사람이 아직 있다는 것,
그리고 그에게 그런 이름이 있다는 것을
상기시켜주기 위해서였다.

〈자기 앞의 생〉의 모모는 그렇게 누군가를 끊임없이 호명하는 것으로 그들을 사랑했다. 하지만 그 작가 로맹 가리는 자신의 이름을 지우는 것으로 문학을 사랑했던 것 같다. 레지스탕스로도 활동했던 패기 넘치는 작가. 대중적 인기 속에서 소설은 물론 영화 작업까지 하며 누벨바그의 여신 진 세버그와 결혼했던 로맹 가리. 육체도 명성도 점차 쇠락해져가던 노년의 로맹 가리는 '에밀 아자르'란 필명으로 다시 한 번 화려하게 등장한다. 그와 동시에 그는 한 작가에게 일생 단 한 번밖에 주어지지 않는 공쿠르 상을 두 번 수상하는 유일한 작가가 되었다.

필명으로 출간한 소설들에 쏟아지는 찬사. 정작 로맹 가리의 이름으로 발표하는 작품들은 평단과 관객에게 철저히 외면당하는 아이러니 속에서 고군분투하던 그는 진 세버그가 자살한 채로 발견된 이듬해에 권총 자살로 생을 마감했다.

'나는 마침내 완전히 나를 표현했다.'

로맹 가리의 유서 마지막 구절이다. 작가로서 이 이상 완벽한 생의 마침표가 있을 수 있을까. 그렇게 완전히 자신을 표현한 그는 〈솔로몬 왕의 고뇌〉에서 노인을 묘사한 것처럼 '변화무쌍한 나날'에서 빠져나와 '영원한 나날'로 조용히 걸어 들어갔다.

오래된 집. 평화롭게 잠든 어머니의 얼굴. 이토록 긴 시간이 흘렀어도 어느 것 하나 변하지 않고 잊히지 않고 그대로 남았다. 그리고 이야기는 영원히 계속된다. 누군가가 살아내야 할 하루들이 도처에서 또다시 시작될 것이다. 고향에서의 오늘이 아직 두 시간이나 남았다. 인생을 다시 시작하기에 충분한 시간.

무수한 절망들에 지치고 또 지칠지라도. 살아간다는 것. 부서진 가슴 추스르고 다시 일어나 시작할 수 있다는 것. 생의 바다 한가운데, 이 희미한 영혼의 집어등 아래에도 언젠가 반짝이는 기쁨 모여들 날 있을 것을, 믿어야 한다. 사랑해야만 한다.

앙리 베일의 무덤 앞에서

젊은 시절, 내가 알고 있던 거의 모든 것들은 아날로그 방식의 기억에 의한 것이었다. 첫사랑 그를 처음 만난 날짜를 기억해낼 순 없지만, 가만히 생각해보면 그때 가로수의 빛깔과 쏟아지던 햇살은 5월의 그것이었다. 이러한 기억들은 대부분 정확했다. 시계의 바늘이 여기에서 저기로 넘어가는 그 사이의 빈 공간. 전화기 버튼을 누를 때, 여기에서 저기로 옮겨 가는 짧은 거리 위에서의 손가락 끝의 미세한 기억력. 삶 속의 그런 여운들을 나는 사랑했다.

많은 것이 디지털화된 지금. 누구의 전화번호도 기억할 필요가 없고, 모든 기념일과 스케줄을 휴대폰이 챙겨주는 세상에서, 아직도 버리지 못한 청춘의 유물들을 종종 꺼내보며 상념에 잠기곤 한다. 손때 묻은 수첩에 빼곡히 적혀 있는 대학 시절 무선호출기 번호. 심심하면 친구의 단과대 앞 공중전화 부스에서 무선호출기에

77을 찍던 나. 그런 나를 향해 함박웃음을 지으며 달려 나오던 옛 친구.

어떤 여운도 없이 반복되는 일상 속에서 부스러질 듯 건조한 영혼으로 살아가던 어느 날, 여행을 떠났다. 어디를 가든 이상하게 발걸음이 가장 먼저 향한 곳은 묘지였다. 죽은 듯 살던 자가 죽은 자들을 찾아 떠난 여행. 위치를 찾지 못하고 가장 오래 헤맸던 파리 몽마르트 묘지에서의 기억.

전철역에서 내려 걷다보니 인적 드문 언덕길이었다. 동서남북 방향을 못 잡고 지도를 이리저리 돌려보던 내게 불쑥 다가온 아스테릭스 닮은 아저씨는 영어도 아닌 프랑스어로 묘지의 위치를 열심히 설명했다. 서로 말은 못 알아들어도 충분히 방향을 찾게 해준 그의 날렵한 손동작.

여행의 좋은 점 중 하나는, 누군가에게 먼저 다가가는 것과 누군가가 먼저 다가와주는 것이 전혀 어색하지 않다는 것이다. 그리고 마음만 먹으면 처음 만난 그들과 더 긴 이야기를 나누고, 때로 차 한 잔을 함께할 수도 있다. 여행을 떠난 이래, 20년 넘은 서울생활 동안 한 것보다 더 많은 사람에게 먼저 다가가 말을 걸고, 그들 역시 다가와준 진귀한 경험. 인생이 이랬더라면 좀 덜 외로웠을 텐데, 좀 덜 지치고 가야 할 곳을 찾을 수 있었을 텐데…. 사실은 나도 길 위의 모든 이들에게 친절하고 싶었어. 그들이 나를 무서워하지만 않는다면.

판테온으로 이장된 채 흔적만 남아 있는 에밀 졸라의 무덤, 트뤼포와 베를리오즈 등을 지나 내가 사랑한 영혼, 본명 '앙리 베일'이 선명하게 새겨진 스탕달의 묘 앞에 다다랐다. 이봐요, 베일 씨. 여기까지 참으로 먼 거리를 날아왔답니다. 당신의 먼, 먼 친척이라도 한 사람쯤 보내주어요. 당신에 대한 이야기를 나누고 싶은 오후예요.

여행을 떠나기 전, 장 자크 루소의 소설 〈누벨 엘로이즈〉를 읽었었다. 스탕달이 제일 큰 영향을 받았다는 작품. 그래, 결국은 '사랑 이야기'였다는 거지. 엘로이즈와 아벨라르건, 이졸데와 트리스탄이건, 어쩔 수 없는 이 땅딸막한 낭만주의자는 결국 온갖 위대한 작품들을 제치고 '본성에 충실한 사랑 이야기'를 삶에 가장 큰 감동으로 받아들이는 사내였던 것이다.

낭만적이고 섬세한 영혼에 입혀진 추한 외모. 스탕달은 일생 결혼하지 못한 채 여인들과의 힘겨운 사랑을 반복했다. 불꽃 같았으나 길지 못했고, 길었으나 그녀들의 기만에 내동댕이쳐졌고, 순결

했으나 받아들여지지 않았고, 마음을 나누었으나 먼저 이승을 떠나보냈고…. 스탕달의 삶을 구성한 두 가지 요소라면 이것이 아닐까. 불굴의 정열, 그리고 오직 유희로서의 예술.

그는 팔리지 않는 작가였고, 동시대에 제대로 인정받지 못한 작가였다. 빚에 쪼들리는 비참한 생활과 화려한 사교계의 극단을 오가며 부침을 겪으면서도 언제나 유쾌하고 당당했고, 여인과 음악과 밤을 사랑했다. 그는 단지 '권태를 견디기 위해' 글을 썼고, '스스로 즐거워지기 위해' 글을 썼다. 10대 시절에 시인의 꿈을 잠시 품은 후 그가 글쓰기에 다시 눈을 돌린 것은 서른이 지나고 나서였다. 하지만 그 역시도 돈이 궁해져 표절과 짜깁기로 순식간에 휘갈긴 책들. 결국 마흔이 넘어서야 진득하니 앉아 〈적과 흑〉 같은 작품을 시작했고, 사실은 쉰 살이 넘어서야 완전히 진득하게 〈루시앙 뢰방〉이나 〈파르마의 수도원〉 등을 쓰기 시작했다. 뒤늦게 불타오른 예술혼 따위는 천만의 말씀. 단지 늙고, 더 뚱뚱해지고, 돈이 떨어져갔으므로 더 이상 여인과 음악과 밤을 밖에서 즐길 수가 없었기 때문이다, 단지 '글이라도 써야만 하는' 권태로운 시간이 많아졌기 때문이다.

끊임없는 빚 독촉과 무명작가라는 설움 속에서 그의 일생을 관통하며 거듭된 거짓말과 익살은 종종 나를 슬프게 한다. 마치 이 세상이 너무 낯설고 이상한 곳이라 어쩔 수 없이 익살스러워져야 했던 〈인간실격〉의 요조를 보는 것처럼. 너무 애쓰지 말아요, 손을 잡으며 주제넘게도 한마디 건네고 싶어지는 것이다.

같은 낭만주의의 주창자였지만, 그에게는 샤토브리앙의 미끈함이나 빅토르 위고의 노련한 영웅주의가 없었다. 출판한 책마다 초판이 팔리는 것이야 꿈 같은 이야기였고, 〈연애론〉은 몇년 간 고작 스물 몇 권이 팔렸다는 전설적인 일화가 남아 있다. 당대에 같은 작가로서 그의 손을 잡아준 이는 오로지 발자크뿐이었다. 하지만 이 비범한 영혼을 지닌 고집쟁이는 자기가 죽고 나서 50년쯤이 지나면 모두가 자기를 알아볼 거라 큰소리치며 익살을 떨곤 했다. 그리고 그것은 늙고 병들고 뚱뚱한 몸으로 파리의 거리를 걷던 그가 쓰러져 객사한 지 46년 후, 한 도서관에 처박혀 있던 빛바랜 원고뭉치들이 눈 밝은 언어학자에 의해 발견됨으로써 정확히 증명되기에 이른다. 기묘한 희극이었다.

일생 단 한 번도 자기만의 믿음과 욕망을 품고 치열하게 세상을 관통한 적이 없는 나는, 그래서 〈적과 흑〉의 줄리앙 같은 인물들을 사랑한다. 그래서 세상의 가장자리에 선 채 무심한 얼굴로 농담이나 뱉고 있는 앙리 베일 같은 인물 역시 사랑한다. 스테판 츠바이크의 표현처럼, '군인으로서 전쟁을 비웃었고, 정치가로서 역사를 무시했고, 프랑스인으로서 프랑스인들을 조롱했던' 스탕달. 그런 그가 참 아프고 쓸쓸해서 오래도록 그의 앞을 떠날 수 없었다.

고즈넉한 몽마르트 묘지. 드문드문 보이는 이들이라곤 묘지 입구에 비치된 파란색 물통을 들고 와 정성스레 비석을 닦고 주변을 청소하는 사람들. 아마도 안장된 이의 후손이나 가족이 아닐까 싶은 그들은, 청소도 하고 벤치에 앉아 독서를 하며 시간을 보내고 있었다. 트렌치코트 자락을 휘날리며 내 앞을 스쳐 지나간, 까뮈의 젊은 시절 눈매가 남아 있던 은발의 할아버지. 유럽에 오면 멋진 남자 천지라더니, 내 눈에 멋진 남자는 왜 죄다 할아버지들인 건지.

마주치는 한 사람 한 사람의 묘에 인사를 건네며 천천히 돌아 나오는 길. 프랑스인들이 사랑한 가수 달리다의 무덤을 지나면서 문득 그녀의 노래 '꽃들의 시절'이 기억났다.

그때는 정말 한창 때였어요.
우리는 두려움을 몰랐었죠.
매일매일이 달콤한 꿀과도 같은 나날이었어요.
당신의 팔은 나의 팔을 잡았고

당신의 목소리는 나의 목소리에 잇따랐어요.
우리는 젊었고 하늘을 믿었었죠.
우리는 젊었고 하늘을 믿었어요….

무얼 하다 이 나이가 되어버렸을까. 대체로 고단했던 청춘. 설명하거나 변명하지 않으면 그 무엇도 결코 알아채지 못하던 사람들. 하지만 이젠, 아무도 먼저 속이지 않고 아무도 먼저 버리지 않고 착하게 살아야지. 좋은 날들도 있겠지. 그렇지? 그럴 거야!

당신은 한사발의 물에 지나지 않았어요

그녀, 테레즈 데케루. 결혼생활의 시작이 곧 '등뒤에서 큰 소리를 내며 문이 닫히는 듯한' 느낌의 시작이었던 여자. 권태와 외로움을 달래기 위해 오직 '뜨거운 존재'인 담배를 쉼 없이 물고 있던 그녀는 결국 남편의 물 컵에 소량의 독을 타기 시작한다. 그녀와 또 그들이 지금도 겪고 있을 고뇌와 환멸. 일상의 두터운 살갗 속, 그들 심장의 박동이 짓눌려 고통의 반점으로 부풀어올랐으리라.

프랑소아 모리악의 소설 〈테레즈 데케루〉는 남편의 그늘에 가려 여성의 자아가 존중받지 못하던 때의 이야기지만, 시대적 배경을 걷어내고 바라본대도 충분히 생각할 여지가 있는 작품이다. 실제적이고 참된 일상, 흥미롭고 무목적적인 자유. 이런 두 가지 세계가 있을 수 있다면 어느 쪽을 선택할 것인가? 평범한 삶의 충족감과 세속적 존재로부터의 탈피라는 두 가지 명제가 있을 수 있다면 어느 쪽을 선택할 것인가?

일상 속에서 이상을 함께 볼 수 있으리란 믿음, 그렇게 많은 이들이 결혼을 결심한다. 그와 동시에 일상의 무딘 반복으로 환멸에 이르게 되는 과정이 천천히 시작되는 것이다. 안락한 가정의 울타리 안에서도 채워지지 않는 갈증. 이 건조한 세계, 건조한 일상 속에서 가슴에 불씨 하나씩을 안고 살아가는 사람들.

모리악의 또 다른 소설 〈사랑의 사막〉 역시 가정에 대한, 인간의 관계 자체에 대한 서글픈 초상이다. 부부간의 사사로운 권력투쟁. 정신적 불륜. 세월이 흐른 뒤 늙은 아버지에겐 위태롭게 지켜낸 가정이 남았고, 아들은 치기어린 정념과 패배감에서 여전히 벗어나지 못했다. '내가 소유하고자 원했던 사람들과 나 사이에는 언제나 어떤 역겨운 나라, 어떤 늪지대, 어떤 진흙탕이 깔려 있었다'는 소설 속 한 구절은 그래서 더욱 마음 아픈 구석이 있다. 일생을 헤매어도 결국은 그런 것이다. '그들이 발견하는 것은 오직 그 절벽, 닫힌 가슴, 폐쇄된 세계일뿐이다. 그리고 그 세계 주변을 우리는 가엾은 혹성이 되어 회전한다.'

테레즈는 사냥과 돈에만 관심 있는 남편의 그늘 속에서 지쳐가다 자유로운 영혼의 남자 장 아제베도를 만나 자아에 눈뜬다. 여기에서 나는 스페인 작가 페데리코 가르시아 로르까의 〈피의 결혼〉을 떠올렸다.

결혼식 당일에 다른 남자와 도망을 치는 신부. 뒤쫓아간 신랑과 남자의 결투 끝에 결국 둘 다 죽음을 맞는다. 대학로 무대에서도 종종 상연되는 이 희곡을 처음 읽었을 때, 그 비극적인 결말이나 실화를 바탕으로 했다는 것에 대한 놀라움보다 나의 기억에 가장 깊이 남은 것은 신부의 마지막 대사였다. 두 남자가 다 죽고 난 후, 신랑의 어머니가 왜 이런 짓을 저질렀냐는 원망을 할 때 그녀가 울부짖으며 했던 말.

"난 몸과 마음이 상처로 가득 찬, 불붙은 여자였어요.
그 불을 끄기에 당신 아들은 너무나 미약했어요.
그는 한사발의 물에 지나지 않았습니다."

비겁하고 악하지만, 슬프다. 그 한사발의 물이 다른 어떤 이에게는 편히 몸을 쉬일 호수일 수도 있었을 텐데….

테레즈에게 그저 한사발의 물이었을 남편은 결국 모든 잘잘못을 묻어두고 떠나는 아내를 잡지 않는다. 관계의 마지막에 이르러 그가 할 수 있는 최선의 배려인 '자유'를 건넨 남자. 어쩌면 그도 그저 사랑하는 방법을 몰랐거나, 시대의 관습에 무감해져버린 가련한 사람일지 모른다.

소년은 벙어리였고, 바닷가의 나무는 살아날 가망이 없어 보인다. 아득한 수평선. 길게 뻗은 나무 한그루. "애야, 희생 없는 선물은 무의미한 법이란다." 자신을 던진 할아버지가 정신병원으로 끌려간 후, 기적처럼 죽은 나무는 살아나고 소년은 입을 연다. 영화 〈희생〉을 만들면서 타르코프스키 감독은 '진정으로 자유로운 상태를 전혀 이해하지 못하는 많은 이들을 위해 영화를 만든다'고 말했었다.

"왜 우리는 다른 사람들이 그 대가를 치러야 하는
자유를 요구하면서, 다른 이들을 위해서는
한 발도 물러서지 않는가?
자유란 이기가 아니며, 오히려 우리 자신에게 무언가
요구해야 한다는 사실을 끊임없이 배우는 것을 의미한다."

균형을 지키지 않고 오직 가슴의 고동소리를 따른다던 조르바의 자유도 자유요, 다른 이를 위해 희생할 줄도 아는 것이 자유라는 타르코프스키의 자유도 자유일 것이다. 아직 더 표류해야 하는 우리. 자유는 늘 가깝고도 멀다.

그럼에도 불구하고 사랑받는다는 것

집으로 돌아오다 초췌한 행색의 길고양이 한 마리와 한쪽 다리가 잘린 비둘기를 보았다. 목숨이 사람에게만 아픈 것은 아니지. 영문도 모른 채 저마다 찢기고 채여 하나씩의 불구를 걸머메고 다니는 그들의 모습을 바라보노라면, 문득 울고 싶을 때가 있다. 세상이, 모든 지붕들이 절벽 같을 때가 있다.

지인의 부탁으로 가끔씩 그의 딸에게 '독서지도'란 것을 하고 있다. 말이 '지도'일 뿐, 책에 대해 함께 수다 떠는 것이 전부지만. 오늘의 수다 한 토막.

S　　선생님, 〈위대한 개츠비〉를 다 읽었어요.
나　　그래, 책이 얇아서 좋았지?
S　　근데 전 그 책이 왜 명작인지 모르겠던데요.

나　　별 느낌이 없었던 모양이구나.

S　　뭐랄까… 일단… 시대 배경이 언제였죠?

나　　1920년대.

S　　그 시대에 또 어떤 작가들이 있었어요?

나　　〈황무지〉의 T. S. 엘리엇, 〈율리시즈〉의 제임스 조이스, 헤밍웨이 등등.

S　　세상에서 제일 위대한 작가가 누굴까요?

나　　그건 너무 어려운 질문이로구나.

S　　그래도 선생님이 생각하시기에…

나　　음… 그래, 순전히 내가 생각하기에, 세상엔 위대한 작가가 네 명 있어. 도스토예프스키, 괴테, 셰익스피어, 그리고 자기가 좋아하는 작가.

S　　^^ 저도 언젠가 좋아하는 작가가 생기겠죠? 그런데 선생님, 저는요, 개츠비가 왜 데이지란 여자를 그렇게 좋아했는지 이해가 안 가던데요.

나　　'목소리에서 짤랑짤랑 돈 소리가 나는' 그런 속물적인 여자를 왜 좋아했느냔 말이지? 사랑을 되찾기 위해 평생을 애쓰고, 결국 그 사랑 때문에 죽어서까지 버림을 받은 개츠비를 생각하면… 데이지가 그럴 만한 가치가 있어 보이지 않았겠지?

S　　네, 그 정도가 아니라 화가 나던데요.

나 모든 사람이 '사랑받을 만하기 때문에' 사랑받는 건 아닐 수 있지.

S 그럼요?

나 때때로 '그럼에도 불구하고' 사랑받는 것 같아. 모든 약점과 허물에도 불구하고. 불완전함과 천박한 본성에도 불구하고.

S 그런 사람을 사랑하는 사람이 너무 불쌍하잖아요?

나 그 사람이 눈에 들어온 그 순간부터 도저히 변할 수 없을 것 같던 성격이 변하고, 고집스러웠던 자기를 포기하게 되고… 피해갈 수 없는 것이니까, 사랑은.

S 사랑받을만하지 않아도 사랑받을 수 있다… 그건 운이겠죠?

나 운이기도 하고, 거부할 수 없는 어떤 힘이기도 하지. 섬광같이 무언가가 내리꽂히는 매혹의 상태, 예술적 체험에서 이런 걸 '두엔데(duende)'라고 한단다. 사랑에도 그런 순간이 있는 것 같아. 물론 개츠비에겐 정신적인 문제가 더해진 것 같지만.

S 두엔데, 두엔데… 선생님은 그런 순간이 있으셨어요?

나 공연을 보거나 악기 연주를 하면서 그랬던 적이 있지.

S 사랑에서는… 그저 운이 없으셨던 거예요?

오래된 이야기다. 잊혀도 좋았을 아주 오래된 이야기. 대학 시절, 친하게 지내던 음악 마니아 선배에게 음반을 빌려 듣곤 했는데, 약속을 따로 하지 않아도 언제든 그의 집에 갈 수가 있었다. 열쇠는 항상 출입문 옆의 수납장 덮개 아래 있었으니까. 어느 날 음반을 돌려주러 갔다가 이미 열려 있는 문으로 들어섰을 때, 낯선 이가 집안에 혼자 있었다. 선배의 친구라는 그와 간단한 통성명, 잠시의 침묵. 그리고 돌아서려던 내게 그가 불쑥 이렇게 말했다. "재밌는 얘기 하나만 해주고 가세요."

왜 그랬는지 모르겠다. 그 시절만 해도 꽤나 낯을 가리는 성격에, 재미있는 얘기 같은 건 알지도 못하면서 왜 적당히 자리를 뜨지 않았는지. 한참을 생각하다 내 입에서 나온 얘기는 어처구니없게도 장용학의 단편소설 〈요한시집〉이었다. 그 첫머리에 나온 토끼의 이야기. 전후문학에 빠져 있던 그때의 내 머릿속엔 온통 장용학이나 손창섭 같은 작가들 생각뿐이었으니까. 오색찬란한 빛이 들어오는 동굴 속에서 행복하게 살던 토끼가 어느 날부터 바깥세상을 궁금해 하게 되고, 살갗이 터져가며 굴 밖으로 기어 나온다. 세상과의 첫 대면. 토끼는 강렬한 태양에 눈이 멀고, 결국 자신이 원래 있던 동굴 속을 그리워하며 그 자리에서 죽어간다. "슬픈 얘기죠. 근데 재미있지 않아요?"

나의 첫사랑은 그렇게 시작되었다. 이제와 생각하니 나는 참 '사랑받을 만하지 않은' 요소들로 가득 찬 사람이었던 것 같다. 처음 만나 눈멀어 죽은 토끼 얘기나 하고 있는 여자를 좋아해줄 사람이 세상에 얼마나 있었겠냐는 말이다. 부족한 내게 따스한 손을 내밀어주었던 당신들 모두에게 감사한다.

그럼에도 불구하고 사랑받는다는 것은, 그렇기에 더욱 사랑해야 한다는 뜻이다. 그럼에도 불구하고 사랑한다는 것은, 그렇기에 더욱 사랑받아야 한다는 뜻이다. 누군가를 만나, 그도 나처럼 불완전하고 아픈 사람임을 알고 사랑하는 당신들 모두가 세상의 희망이다.

〈위대한 개츠비〉의 화자 닉은 개츠비에 대해 이렇게 회상했다. '그에게는 희망을 가질 수 있는 탁월한 능력과 낭만적인 준비성이 있었노라'고. 어떤 아픔과 현실적 제약에도 불구하고 자기 자신과 또 사랑에 대한 확신으로 희망을 놓지 않고 살아간 개츠비. 그토록 쓸쓸하고 초라한 죽음에도 불구하고 그가 위대한 이유는 바로 그것이다.

서로가 서로를 오래 믿고 아끼는 것은, 그의 모든 것이 믿고 아낄 만해서가 아니라 어떤 허물에도 변치 않을 중심이 서로에게 있기 때문이다. 더불어 살아가고, 서로의 허물을 보고, 그 허물이 다가 아님을 알고, 오래 마음 주고, 더 오래 그 마음을 지키고… 한 세상 그렇게.

어린 시절의 독서가 연애에 미치는 영향

블레즈 상드라르. 장 콕토와 함께 출판사를 운영했고, 아벨 강스 감독과 함께 영화 〈바퀴〉를 제작하기도 했던 프랑스의 유명 시인. 그러나 내가 상드라르를 기억하는 가장 큰 이유는 어느 책에서 본 한 장의 사진 때문이다. 그가 자신의 서재에 서서 술잔을 들고 있는 사진. 책장이 아니라 바닥에서부터 제멋대로 쌓여 있는 책들. 삐뚤삐뚤 갖가지 크기와 두께의 책들이 무작위로 쌓여 키 높이를 훌쩍 넘어서 있는 사진 속의 그 서재가 나를 온통 사로잡았던 것이다.

언젠가 나도 저런 서재를 가져야지. 책장에 가지런히 줄 세우지 말고 바닥부터 책들을 쌓아올려야지. 때로 책을 못 찾아 애태우기도 하면서 자유로운 그 선을 즐기며 걸어 다녀야지. 그런 서재에서 다정한 사람과 평화롭게 늙어가는 것이 오랜 꿈이었다. 그만큼 책을 좋아하고, 그저 책들을 바라보고 있는 것과 책 냄새 맡는 것도 좋아한다.

어린 시절, 넉넉지 않은 형편에도 집엔 책이 가득했다. 한국문학선은 작은 판형에다 세로로 되어 있었던 탓에 주로 〈톰 소여의 모험〉 같은 동화책을 읽었다. 네 살 터울의 오빠가 중학교에 들어가자 부모님께선 세계문학전집을 집에 들여놓으셨는데 '고급 양장본'이라 되어 있는, 들기에도 벅찬 것이었다. 괴테에서 톨스토이, 스타인벡과 도스토예프스키에 이르는 그야말로 세계 고전의 결산. 에밀 졸라의 〈나나〉를 넘기다 삽화에 화들짝 놀라 책을 덮었던 기억도 남아 있다. 훗날 알게 된 그 그림은 보티첼리의 '비너스의 탄생'이었다.

초등학생 아이는 집에 돌아오면 도저히 알 길 없는 그 책들을 붙잡고 놀았다. 그러면서 점점 나름의 독서법을 터득하게 되었는데, 전체에 대한 이해는 접어두고 문장을 하나하나 쪼개어 읽는 것이었다. '전혀 이해가 안 되는 문장' 혹은 '알쏭달쏭한 문장' 하는 식으로 나누어두고, 그 문장들을 늘 생각하며 다녔다. 한 문장을 정말 오래 생각하다 보면 불현듯 뜻이 깨쳐지는 순간이 있었는데, 예를 들면 '맹렬한 연기가 노기를 띤 듯 솟아올랐다' 하는 식의 표현이었다. 〈파우스트〉나 〈유리알 유희〉처럼, 문장들을 아무리 이

해해도 문맥은 늘 오리무중이었던 책들 앞에서 좌절은 매번 되풀이되었다.

어린 시절의 기억을 떠올린 이유는 '운명적 사랑'에 대한 나의 뿌리 깊은 생각을 더듬기 위해서다. 중학교 때까지 그 세계문학전집과 씨름하면서 '사랑'이라 이름 하는 것에 대해 심각해져버리고 말았다. '유령이 되어서라도 못 다한 사랑을 하겠다'며 울부짖던 〈폭풍의 언덕〉의 히드클리프, 너무 늦게 깨달아버린 〈적과 흑〉의 비극적 사랑, 〈젊은 베르테르의 슬픔〉이나 〈안나 까레니나〉 같은 책들 앞에서. 그 의미나 문학적 성취야 다 알 리 없었고, 그저 사랑이란 그렇게 운명적이고 절대적인 것이란 생각을 품기에 이르렀던 것이다. 그것이 나의 청춘에 두고두고 영향을 미쳤음은 말할 것도 없다.

대학 시절, 그 흔한 미팅 한 번 해보지 않았다. 내가 다니던 학과가 미팅 상대로 인기 없었던 탓도 있지만, 대개는 그런 식의 기회로 사람을 만나고 싶지 않다는 나의 꿋꿋한 의지 때문이었다. 그러니까 내게 있어 사랑은, 길을 걷다가 혹은 운집한 대중 속에서 한눈에 알아차리는 것이어야 했다.

영화 〈세렌디피티〉는 크리스마스 이브에 만난 운명적인 사랑에 관한 이야기다. 각자의 연인에게 줄 선물을 고르다 눈이 마주친 순간, 또 다른 운명을 느껴버리는 그들. 연락처를 적은 책을 헌책방에 팔아버리고, 지폐에 적어 솜사탕을 사먹고, 그래도 운명은 기적처럼 돌고 돌아 그들을 다시 찾아온다.

'운명적 사랑'에 관한 또 다른 영화 〈온리 유〉. 〈지붕 위의 바이올린〉을 만든 노먼 주이슨 감독의 90년대 작품이다. 주연 마리사 토메이의 상큼 발랄한 매력과, 한눈에 반한 여자에게 온갖 방법으로 들이대는 로버트 다우니 주니어의 젊음, 이탈리아의 멋진 풍경이 다인 소품 오락영화. 그럼에도 이 영화를 재미있게 본 이유는 운명을 찾아 헤매는 여자와 그녀의 마음을 얻으려는 남자의 귀여운 짓거리들 때문이었다.

본 적도 없는 남자를 점괘에 나타난 이름만 가지고 줄곧 기다려온 여자 페이스. 10여 년에 걸쳐 운명을 기다리다 결국 다른 남자와 결혼하기 직전, 그 이름을 가진 남자의 전화가 걸려온다. 그의 행방을 찾아 이탈리아까지 날아가 벌이는 온갖 좌충우돌이 영화의 줄거리다. 이름 하나에 운명을 걸었지만 모든 것은 거짓이었고, 함께할 수만 있다면 무엇이든 하겠다는 한 사람의 의지가 결국 인연을 만들어낸다. 운명이어서 사랑하게 되는 것이 아니라 사랑하게 된 이들이 운명이라는, 결론은 그것이었다.

그리고 어쩌면 새로운 운명을 만난 그들의 상대편에서 쓸쓸히 버려지는 이들이 또한 있을 것이다. 오직 한 사람만을 바라보았으나 결국 혼자 남겨지고 마는 〈냉정과 열정 사이〉의 마빈처럼, 사랑이 되지 못한 사랑의 주변이 더 가슴을 파고드는 그런 나이가 된 것이 슬프지 않다. 사람에게 가장 큰 영향을 미치는 것은 책이 아니라 시간이다.

부자 남자와 이상한 여자

"그저 '다른' 것일 뿐이라고 네가 말하지 않았니?"

"그런데요."

"그런데 넌 날 싫어하잖아."

"싫어하지 않아요."

"싫어해."

"그저 다를 뿐이지요."

"그래, '다른' 것일 뿐이라고 얘기했잖아?"

"그런데요."

"그런데 넌 날 싫어하잖아."

"싫어하지 않아요."

"싫어해."

"그저 다를 뿐이지요."

어떤 남자와 바보 같은 대화를 나누면서 그런 생각을 했었다. 건조한 단편영화를 하나 만들고 싶다. 마른 안개꽃 같은. 그 무엇과도 소통 불능인.

젊은 나이에 자수성가한 그 남자는 일관계로 두 번 만났을 때부터 '말을 놓겠다'고 통보했다. 그 후 미팅 때마다 내가 들은 말은 주로 이런 것이었다.

"그렇게 히피처럼 하고 다니면서 비즈니스가 되냐?"

한 달여 뒤엔 문자로 이런 통보를 해왔다.

'어쨌든 너랑 사귈 거야. 잘 부탁해.'

시간이 조금 흐른 뒤, 업무 외적인 그의 말이나 제안에 별 반응을 보이지 않는 내게 어느 날 그가 진지하게 물었다.

"너, 나한테 자격지심 있지?"

'자격지심'이란 말이 꽤 흥미롭게 느껴져 내가 물었다.

"왜 자격지심이 있을 거라고 생각해요?"

숨도 안 쉬고 날아온 그의 대답.

"넌 나보다 돈도 없고, 유명하지도 않잖아."

그 순간 불현듯 깨달았다. 그래, 내가 이 사람에게서 싫어할 수 없었던 거의 유일한 점이 바로 이거였다. 터무니없이 솔직한 거.

베일 뒤에 정말 아무것도 없(어 보이)는 거(그것도 쉽지는 않은 일이다).

"당신이 성공했고 나름대로 매력 있는 사람이라는 것과, 내가 당신을 좋아해야 된다는 것 사이에는 아무런 인과관계도 없어 보이는군요."

문어체로 그렇게 말했다. 역시 내 말 따위야 마음에 새기지도 않았겠지만.

많은 것을 가진 남자와 평범한 여자가 만난다. 여자는 남자에게 별 관심이 없다. 자존심이 상한 남자는 곧 이렇게 외치며 여자에게 더 관심을 갖게 되는 것이다.

"나를 거부하다니. 이런 기분 처음이야!"

TV 드라마에서 자주 보던 설정이 떠올라 혼자 웃었다. 그러나 그런 드라마와 결정적으로 다른 점이 그에 대한 선입견을 유보하게 했는데, 그것은 내가 드라마의 여주인공들만큼 예쁘지 않은 데다 밝고 씩씩한 캔디 캐릭터와는 거리가 한참 멀었기 때문이다.

시간이 좀 더 흐른 뒤, 그는 나 때문에 50년대 한국문학선집을 샀다고 했다.

"전후문학 좋아한댔지? 니 정신세계가 왜 그렇게 이상한지 알아봐야겠어."

그러고선 몇 달 뒤 이렇게 말을 한다.

"하여간 우울하게 생겨갖고선 취향도 역시나. 손창섭은 그렇다 치고, 장용학은 도대체 작품의 메시지가 뭐냐? 자본주의적으로 말이지, 이렇게 바쁜 내가 시간을 투자했으면 생산되는 가치가 있어야 하는 거 아니겠어?"

그의 스타일에 익숙해진 나도 자본주의적으로 대답해주었다.

"어떤 가치가 생산되었더라도 90%는 수면 아래 잠재해 있겠지요. '빙산형 가치' 몰라요? 좀 더 분발해 봐요."

사실 내가 진짜 하고 싶었던 대답은 이런 것이다. 영화 〈퍼니게임〉과 〈피아니스트〉의 미하일 하네케 감독이 기자의 똑같은 질문에 했던 대답.

"메시지? 그런 건 우체국에서 부치는 것이다."

그를 싫어하지 않았다. 적어도 그는 매순간 나에게 솔직했으니까. 그저 그와 내가 '다르다'고 느꼈고, 그 다른 세계를 알아보고 싶은 마음이 들지 않았던 것뿐. 가져보지 않은 것에 대한 관심이나 욕망이 심각할 정도로 부족한 이상한 여자와, 너무 많은 것을 가진 자신만만한 남자 사이의 간극은, 생각보다 큰 것이었다. 태어나 처음으로 50년대 한국문학 작품들을 읽고, 태어나 처음으로 나처럼

'거지꼴로 다니는' 여자에게 관심이 생겼다던 그의 호의를 나는 늘 외면할 수밖에 없었다. 내가 왜 좋은 가방이나 구두에 대한 관심이 없는지, 도대체 왜 성공하고자 하는 야망이 그렇게도 부족한지, 그가 궁금해 하는 것은 대체로 그런 것들이었고, 나는 점점 더 말이 없어졌다.

길지 않은 시간이었지만 그와 가끔 만나고 지낸 것은, 그가 늘 유쾌하고 말이 많았기 때문이다. 좀 우울할라치면 귀신같이 전화해서 별별 수다로 혼을 빼놓곤 하던 사람. 혼자만의 고민들을 껴안고 한없이 바닥으로 침잠해 있던 그 시절의 나에게 미주알고주알 참견을 하고 잔소리를 늘어놓고 인생에 대한 온갖 해답을 제시하며 확신에 찬 자기의 세계를 내보이던, 그의 그 눈치 없음과 당당함이 이상하게도 위로가 되었던 것이다. 사람은 때로, 자신과 완전히 반대되는 기질의 사람 곁에서 안심이 될 때가 있다. 인생이 내가 생각하는 것만큼 심각한 건 아닐 수도 있다는 가능성. 오랜 시간 껴안고 있던 고민들이 깃털처럼 가볍게 느껴지던 찰나의 기억. 철저히 현실적인 말들을 쏟아내고 있는 그의 앞에서, 우습게도 나는 정신적 해탈에 이르는 듯한 경험을 하곤 했다.

호박마차에 값비싼 옷, 능력 있는 동반자가 행복을 보장할 수 있다면 그도 나쁘진 않을 것이다. 그러나 문제는 늘 나 자신이다.

온전한 나로 함께 서고, 함께한 이후 서로를 지키는 것. 그것이 아니라면 사랑이 언제까지 사랑이겠는가. 나를 채우고 단련하며, 포기하지 않고 기다린다. 살아간다.

소설 〈안나 카레니나〉에는 함께한 이후의 삶에 대한 이런 묘사가 있다.

한걸음마다 그는 호수 위를 미끄러져가는 작은 배의 매끄럽고 행복한 진행을 넋을 놓고 바라보던 사람이 자기가 직접 그 작은 배에 탔을 때 느끼는 것과 같은 기분을 경험했다. 말하자면 몸이 흔들리지 않게 하고 가만히 타고 있는 것만으로는 부족하다는 것, 어느 쪽을 향해서 갈 것인지를 한순간도 잊지 말아야 한다는 것, 발밑에는 물이 있고 그 위를 노 저어 가지 않으면 안 된다는 것, 익숙하지 않은 손에는 그것이 몹시 아프다는 것, 그저 보고만 있을 때는 손쉬운 것 같았지만 막상 자기가 해보니 즐겁기는 해도 무척 어렵다는 것을 알게 되었다.

노 저어 가는 먼 길. 함께라면 좋을 것이다. 사랑이면 족할 것이다.

아무도 궁금해 하지 않겠지만, 스타킹

초현실주의의 빛이 있다.
도시에 불이 켜질 무렵 실크 스타킹이 놓인 연어살 빛 진열대 위에 떨어지는 빛.
광천수의 침전물 속에서 연한 빛을 띠고 있는 베네딕틴 주류 상점 안에서 타오르는 빛.
방돔 가 전장 여행사의 푸른 사무실을 은밀히 비추는 빛.
넥타이들이 유령으로 바뀔 무렵, 오페라 가의 바르클레 매장에 늦게까지 남아 있는 빛.
사랑에 살해당한 이들 위를 비추는 손전등의 빛.

– 루이 아라공, '꿈의 파도'

영화 〈미드나잇 인 파리〉를 보면서, 그 주인공처럼 과거의 어느 시점에 떨어져 예술가들을 지켜볼 수 있다면 하는 상상을 했다. 영화 속에서 예술가들의 천국으로 묘사되었던 1920년대 파리. 아라공과 브르통, 폴 엘뤼아르, 필립 수포와 나빌. 그들이 '우리는 혁명을 하기로 결심했다'고 선언하고, 초현실주의 연구소를 만들고, 떼로 몰려다니며 싸움질을 하고, 아나톨 프랑스를 저주하고, 새로운 이상과 분노 속에서 저마다를 불사른… 그 시절을 볼 수 있다면 얼마나 흥미로울까. 브르통의 연극 무대에 엘뤼아르가 재봉틀(!) 역할로 등장하는 건 그려보기만 해도 절로 웃음 나는 장면이 아닌가.

그런데 어느 날, 루이 아라공의 시를 읽다가 갑자기 얻은 깨달음이 있었으니. 바로 루이와 엘자 아라공 부부에게 '실크스타킹'이 아주 중요한 오브제가 아니었을까 하는 생각이었던 것이다.

프랑스 철학자 루이 알튀세르의 자서전 〈미래는 오래 지속된다〉에 보면 아라공 부부에 대한 정말 황당한 에피소드가 있다. 알튀세르의 동반자 엘렌느가 게슈타포 요원이라는 등의 오해로 프랑스 공산당에서 어려움을 겪는 과정이 묘사되어 있는데, 그것이 바로 아라공 부부가 퍼뜨린 어처구니없는 소문의 영향이었다는 것이다.

이제 그 진상을 이야기해야겠다. 엘렌느는 그 당시 아라공 부부와 매우 친하게 지냈는데, 레지스탕스 기간 동안 그들에게 프랑스에서는 살 수 없는 물건들, 특히 엘자를 위해 실크 스타킹을

종종 가져다주었다. 그런데 어느 날 엘자에게 가져다 준 스타킹이 이 까다로운 인물이 원하는 색깔이나 섬세함에 맞지 않았던 것이다. 아라공은 무섭게 화를 냈고 엘렌느와 관계를 끊었다. 그리고는 그녀가 간첩요원인 것처럼 말하기 시작했던 것이다.

예전에 알튀세르의 책을 읽다가 설마 하며 웃어넘겼는데, 아라공의 글을 찬찬히 다시 보니 '실크 스타킹'에 대한 언급이 종종 눈에 띄는 것이었다. 그러니까 음… 아라공 부부에게 실크 스타킹은 매우 중요하고 매력적인 어떤 대상물이었을 수도 있어. 그래서 엘렌느에게 그토록 화를 내게 되었던 것이야.

스타킹에 대한 궁금증으로 이것저것을 뒤지다가, 과거 프랑스에서 여성들의 성적 자유의 상징으로 크게 유행했다는 사실과 그 후 성을 판매하는 표식으로 오인되기도 했다는 것 등을 알 수가 있었다. 유럽 여행 중 파리에 머물 때, 숙소 관리인에게 '프랑스 사람들에게 스타킹이 특별한 물건이냐'고 물었던 적도 있다. 난감해 하던 그는 이렇게 대답했다.

"누가 신었느냐에 따라 다르지 않을까요?"

아라공 부부에게 스타킹은 자신들만의 의미 혹은 영감이었거나 그저 패션의 중요한 부분이었거나 그랬을 것 같긴 하지만, 어쨌든 아라공-알튀세르-스타킹으로 이어진 '쓸데없는 생각하며 놀기'는 나름 재미가 있었다.

어릴 때부터 지금까지 뭔가에 호기심을 갖고 혼자 골몰하는 일이 많은데, 문제는 그것들 대부분이 생활에 전혀 도움 안 되는 것들이라는 데 있다. 언젠가는 '현대과학의 풀리지 않는 난제들'에 사로잡혀서 '인체 단백질 해독' 어쩌고 하는 자료들을 쌓아놓고 공부하다가 친구에게 핀잔을 듣기도 했다.

"도대체 네가 세상에 대해 알고 싶은 게 뭐냐?"

페터 바이스와 크뢰츠, 지그프리트 렌츠, 독일현대문학 이론서까지 쌓아놓고 있던 시절엔 독일문학에 한 맺힌 거 있냐는 소리를 들었다.

"아니, 그냥, 세상과 혼자 전쟁 중이야. 하하."

알고 싶은 게 있다는 건, 어쩌면 살아 있음에 대한 가장 큰 확인일지도 모른다. 인생에 가장 힘겨웠던 시절을 떠올려보니, 모든 게 부질없다 여기던 그때에도 나는 대체로 무언가를 궁금해 하고 있었다. 그 시절 이상하게도 계속 생각났던 소설 〈양철북〉. 오스카의 엄마가 미친 듯이 청어를 먹다 죽은 이미지를 떠올리다가, 역시 여자가 청어를 먹으려 하고 있는 메탈밴드 헬로윈의 앨범 재킷에 생각이 미쳤다. 그저 서양 사람들이 자주 먹는 생선이 아니라 뭔가 또 다른 의미가 있지는 않을까, 생활비도 바닥난 형편에 혼자 앓아

누워 있으면서 청어 생각에 골똘해 있던 날의 기억이 떠올라 뒤늦게 웃었다. 살고 싶었던 것이다, 나는.

도마뱀이 울고 있네
숫도마뱀이 울고 있네
암도마뱀이 울고 있네

숫도마뱀과 암도마뱀이
작고 흰 천을 두르고

원치 않았지만 잃어버렸어
숫도마뱀과 암도마뱀이

원치 않았지만 잃어버렸어
그들의 결혼반지를

아! 납으로 만든 작은 반지, 아! 아…

그들이 얼마나 늙어버렸는지를 봐
도마뱀들이 얼마나 늙어버렸는지

아! 그들이 어떻게나 우는지

어떻게나 그들이 우는지

아! 그들이 어떻게나 우는지

아! 아… 어떻게나 그들이 울고 있는지

– 페데리코 가르시아 로르까, '도마뱀의 눈물'

살바도르 달리가 재킷을 디자인한 스페인의 음유시인 파코 이바네즈의 앨범을 모처럼 꺼냈다. 로르까의 시를 가사로 삼은 노래 '도마뱀의 눈물'을 듣다가 문득 도마뱀을 생각한다. 결혼반지를 잃어버린 도마뱀. 늙어버린 도마뱀. 울고 있는 도마뱀. '도마뱀의 왕' 짐 모리슨도 떠오르고, 킹 크림슨의 'Lizard' 앨범도 함께 떠오른다. 타락한 전령 도마뱀. 불의 요정 도마뱀. 그래, 당분간은 도마뱀이다!

생은 다른 곳에

침대로 돌아가지.
다시 너를 죽음의 세계로 데려갈 잠이 오길 기다리면서.
머릿속에는 수많은 생각이 이는 걸 느끼지.
잠들 수가 없어.

너는 꿈속에서 길을 잃지.
이상한 모험의 그늘 뒤에서
어깨 위의 현실을 짊어지지 않으려
마치 세상으로부터 도망친 마약 중독자처럼.

고교시절에 흥얼거리고 다니던 이탈리아 가수 마우로 페로시(Mauro Pelosi)의 노래를 아직도 기억하고 있다. 공부만 해도 모자랐을 시절, 그만 음악에 빠져버리고 말았는데, 문제는 반복해서 들으면 언어 불문하고 가사를 기억한다는 거였다. 그러다 보니 결국 세계 각국의 노래들을 비슷한 발음으로 다 따라 부를 수 있는 지경이 되었다. 독일어, 스페인어, 이탈리아어, 심지어 그리스어에서 타갈로그어에 이르는 온갖 언어의 노래들을 기억하고 따라 부르는, 정말이지 이상한 쪽으로만 발달된 나의 머리는, 한 가지를 처리하면 다른 한 가지를 잊어버리는 생활 속의 멍청함으로 신속하게 반전된다.

몇 년 전, 종종 들르던 음악 바에서 만난 이탈리아 친구는 마띠아 바자르(Matia Bazar)의 노래를 따라 부르는 나를 보고 발을 구르며 즐거워했다. 나의 목소리가 밴드의 싱어인 안토넬라와 닮았다며 흥분하던 그는 '돈은 많이 못 벌겠지만' 유럽으로 가서 아트록 밴드의 멤버가 되라고 말했다.(목소리만 비슷하면 뭐하나, 가창력이 안 되는 걸.) 그리스 친구를 만났을 땐 마리아 파란두리가 부른 테오도라키스의 곡을 들려주었고, 스페인에선 숙소에서 공연하던 친구와 파코 이바네즈를 함께 불렀다.

그러고 보면, 부모님이 특별하게 음악을 좋아한 분들도 아니었는데 꼬맹이 시절부터 집에 있던 전축을 돌리거나 LP를 닦고 앉아 있는 것을 무척 좋아했었다. 뭐, 음반이라고는 어머니가 좋아하시던 백영규나 유심초 같은 것뿐이었지만.

초등학교 3학년 때 피아노학원엘 다니게 되었는데, 그 소리에 빠진 건 물론이거니와 작곡에까지 관심이 생겨 틈날 때마다 오선지에 콩나물을 그리고 있던 기억이 난다. 대학 졸업 후 직장생활을 하던 시절엔 클래식기타를 시작했다. 오래지않아 선생님이 학창시절 가르침을 받으셨던 음대 교수님께 개인지도를 연결해주셨는데, 우리나라 클래식기타학과의 1세대 노교수님이셨다. 연습 열심히 안 해온다고 늘 야단을 맞긴 했지만, 교수님 댁의 거실에 앉아 마당의 꽃들을 바라보며 기타를 치고 있던 그때의 행복감을 아직도 잊지 못한다.

그 후 악기 제작에까지 덤볐다가 손목을 다치고, 이리저리 생활에 치이면서 기타도 그만두었지만. 생각해보면… 난 음악과 관련된 무언가를 했더라면 더 행복하지 않았을까? 좀 더 즐겁고 충만한 삶을 살 수도 있었는데 늘 딴 데서 헤매 다닌 건 아닐까? 삶이 힘들거나 비루하게 느껴지는 순간들마다 그런 생각을 하곤 했다. 지금의 기억을 그대로 가지고 다시 한 번 살게 된다면, 혹은 다른 삶으로 이동할 수 있게 된다면… 무언가를 다시 시작하지 못할 이유도 없었으면서, 가지 않은 길에 대한 아쉬움만을 되뇌었던 시간.

퓰리처상 수상작인 연극 〈래빗 홀〉. 우주에는 '래빗 홀'을 통해 연결된 수많은 차원의 세계가 있다. 그리고 그 세계들엔 지금의 나와는 다른 모습의 내가 무한히 존재할 수 있다. 좀 더 행복한 모습의 내가 우주의 어느 차원에 동시에 존재할 가능성. 물론 그 속의 나 역시 또 다른 삶을 꿈꾸고 있을지 모르지만. 작품에서 말하는 나만의 래빗 홀이란 사실 아주 사소한 그 무엇일 수 있다. 타인의 눈에 아무것도 아닌 듯 보이는 작은 계기, 사소한 일상 속에서 내밀한 기쁨을 느끼고 위로받을 수 있다면, 그것이 또 다른 세계의 나와 이어진 래빗 홀인지도 모른다.

더글라스 케네디의 소설 〈빅 픽처〉는 완벽해 보이던 삶이 파괴됨과 동시에 다른 삶을 살게 되는 사람의 이야기다. 어릴 적부터의 꿈인 사진작가를 포기한 대신, 부모의 뜻에 따라 변호사로서의 삶을 살고 있는 벤. 안정된 삶 속에서도 벤은 늘 사진에 대한 미련이 남아 있고, 아름다운 아내 역시 못다 이룬 꿈을 남편의 탓으로 여기고 있다. 아내와 불륜 관계였던 사진작가를 살해한 후 그의 삶을 대신 살게 되는 벤. 그러나 그토록 원하던 사진작가로서의 성공은 또 다른 비극을 불러오고, 그의 앞엔 또 한 번의 새로운 삶이 펼쳐진다.

누구나 자유로운 삶을 꿈꾼다. 그러나 그런 자유, 그 텅 빈 지붕과 마주하게 되면 두려움밖에는 아무것도 느껴지지 않는다. 왜

냐하면 자유란 끝없는 무의 공간을 바라보는 것과 같으니까. 아무것도 없는 영역을.

꿈꾸던 삶은 또 다른 두려움의 시작이었고, 새로운 사랑도 결국엔 무기력해진다. 이 책은 그렇게 꿈에 다가가고 난 후, 혹은 자유를 얻고 난 후의 두려움에 대해 이야기하고 있다. 지금의 삶이 얼마나 소중한가에 대해 이야기하고 있다. 물론 그 역시 다른 삶을 살아보고 난 후에 얻어진 것이며, 안락한 삶을 살아온, 돌아갈 곳이 있는 사람에 대한 이야기이기도 하지만, 친구 빌이 던진 충고는 여러 가지 생각을 하게 한다.

"인생은 지금 이대로가 전부야. 자네가 현재의 처지를 싫어하면, 결국 모든 걸 잃게 돼. 내가 장담하는데, 자네가 지금 가진 걸 모두 잃게 된다면 아마도 필사적으로 되찾고 싶을 거야. 세상일이란 게 늘 그러니까."

머릿속에서 늘 떠나지 않는 말이 있다. '생은 다른 곳에'. 랭보가 남긴 말이자 밀란 쿤데라의 소설 제목이기도 한 이 말이 언제부턴가 문득문득 생각이 났다. 어리석은 젊음과 무모한 꿈. 그에 대한 슬픈 조소.

모든 인간은 다른 삶들도 살아볼 수가 없기 때문에 후회한다. 그대 또한 그대가 실현해보지 못한 모든 잠재성들을, 그대의 모든 가능한 삶을 다 살아보고 싶은 것이다. (안타깝도다. 자비에르의 삶을 실현시킬 수가 없다니!)

— 밀란 쿤데라, 〈생은 다른 곳에〉 中

서정시와 혁명과 어머니와 빨강머리 사이에서 결국 모든 것을 파괴하고 마는 소설 속 주인공 야로밀. 그의 분신 자비에르 같은 능력이 있다면 좋겠다. 꿈을 꿈으로써 또 다른 삶 속으로 이동할 수 있는. 쿤데라나 장용학의 표현처럼, 어쩌면 산다는 건 다른 데를 산다는 것이다. 다른 데를 열심히 사는 생. 어제보다 좀 더 견고해진 우울. 손에 닿지 않는 꿈. 음악으로 연명하는 내 인생의 밤들.

당신의 외로움을 이제야

사랑에 빠지는 순간 세상은 두 사람만 사는 공간이 된다.
말하자면 사랑은 세상을 축소시키는 기술이다.
사랑에 빠지는 사람의 세계는 두 사람만 존재하는, 아주 좁은,
이제 막 태어난 세상이다.
사랑하는 사람이 기웃거리지 않는 것은
기웃거릴 대상이 없기 때문이다.
자기를 제외하면 그, 그녀만이 유일한 인류이기 때문이다.
사랑이 시들해지면 세상이 조금씩 넓어지고,
보이지 않던 사람들이 점점 더 잘 보이고,
그리고 결국 한때 유이한 인류였던 그 사람이 보이지 않게 된다.
기웃거리기가 가능해지는 것은
기웃거릴 대상이 다시 생겨났다는 증거다.
만물이 그런 것처럼 사랑 역시 태어나고 성장하고 소멸한다.

– 이승우, 〈욕조가 놓인 방〉 中

오래전 누군가가, 손창섭을 좋아한다는 나에게 이승우의 책을 선물했다. '손창섭보다 더 손창섭 같은 작가'라는 말과 함께. 모처럼 그 책을 다시 꺼내 읽다가 문득 '그렇지, 사랑 이야기였구나 이것은' 그랬다. 사랑 이야기라는 것도 의식하지 않은 채 그저 읽었던 책. 태어나고 성장하고 소멸하는 사랑. 태어남의 순간을 목도하고 성장의 기쁨을 함께하고 소멸의 시점을 기억하며, 삶과 사랑은 그렇게 흘러간다. 축소된 세상. 기웃거리지 않고 오직 한 사람만을 바라보며 한세상 살고자 했을 뿐인데, 언제나 모든 것이 넘치거나 부족하였구나.

사람과의 관계를 앞서 계산하지 못하는 나의 어리석음이 누군가에게 상처가 된 시절이 있었다. 참으로 긴 세월 후의 전화를 받고 기억의 한 자락에서 그를 끄집어내는 데에는 그리 오랜 시간이 걸리지 않았다. 〈죽음의 한 연구〉에서 박상륭이 구사한 전라도 사투리에 재미있는 대목이 있다며 전화기에 대고 한참을 책 읽어주던 사람. 결과적으로 그는 나를 좋아했고, 나는 그를 친구처럼 아꼈고… 미안하다는 말을 하지는 않았다. 그토록 어렵게 걸었을 전화로 어색하게 웃으며 추억의 편린들을 잠시 꺼내놓다 끊은 그 사람, 참 외로웠을 것을 이제는 안다. 손으로 짠 병아리 색 스웨터를

입고 요구르트를 떠먹으며 혼자만의 상념에 빠져 길을 걷고 있던, 고교 졸업반의 철없는 여자아이를 그는 아직도 잊지 않고 있었다. 그럴 수 있겠지. 기억은 사랑보다 길다. 앞으로도 그럴지 모르지. 환영은 현실보다 견고하다.

그때, 서서히 소멸하던 사랑이 마침내 끝났던 때. 꽃이 지고 난 자리, 주저앉아 서럽게 우는 어린아이처럼 나는 오랫동안 슬프고 막막했다. 혼자서는 절대 안전할 수 없으리란 확신. 그러나 두 사람만 존재하는 세상 속에서도 여전히 그들은 위태롭게 흔들리고 있다. 저 적나라한 삶의 속임수들. 결코 지키지 못할, 지켜서는 안 될 약속. 세상엔 정말 그런 것들이 있었던 것이다.

이 넓은 세상, 죽을힘으로 반짝이지 않으면 어느 누구도 눈여겨 보아주지 않았다. 가까스로 만난 인연에 안도하는 것도 잠시. 사랑받는 순간들 점차 사라져가고. 운명을, 사랑을 이야기하던 확신에 찬 눈빛이 서서히 변해가는 것을 지켜보는 참담한 심경을 알게 된다. 사랑은 그렇게 현실이며 생활이다. 오직 단 하나의 가치를 위해 전존재로 전속력으로 살아간 삶의 한 시기. 그것이 남은 생을 비추는 작은 등대가 되어주리라 홀로 위안 삼을밖에.

오래 외로웠던 것과 그래서 더 오래 사랑할 수 있다는 건 전혀 별개의 말일 테지만, 외로웠던 모든 이들이 언젠가 꼭 그만큼 더 행복해졌으면 좋겠다는 생각을 한다. 영화 〈버팔로 66〉은 그래서 때로 한 편의 판타지처럼 보이기도 한다. 스포츠광인 엄마와 우울증 아빠 밑에서 일생 외롭지 않은 적이 없었던 주인공 빌리. 뼛속 깊이 전해오는 그 고독, 숨 막히게 고요하고 쓸쓸하던 그의 삶. 오직 복수심과 죽음의 충동으로 살아온 이 거친 남자는, 그러나 그의 있는 그대로를 인정해주는 따뜻한 눈길과 사랑 앞에 거짓말처럼 무장 해제되고 만다. 납치와 협박, 맥락 없는 사랑에도 불구하고 이 영화는 죽고 싶게 외로운 이들에게 가슴 저린 위로와 희망을 전해준다. 나의 현재를 수긍하고 격려하는 누군가의 따뜻한 눈길. 핫초코 한 잔과 하트 모양 쿠키로도 삶은 다시 시작될 수 있다.

독서지도를 해온 S가 다자이 오사무의 소설 〈인간실격〉을 읽고 와서 이렇게 말했다.

"술에 마약에 여자에… 선생님, 이번 주인공도 역시 잘 이해가 되질 않아요."

언제나처럼 그 예쁜 눈을 동그랗게 뜨고 내게 말했지만. 얘야, 우리 모두가 요조를 그렇게 만든 사람들이고, 우리 모두가 조금씩은 다 요조이기도 한걸. 나는 지나치게 웃음이 많은 사람, 혹은 쭈뼛거리거나 우유부단한 사람을 볼 때마다 그 안에 요조가 있지 않나 마음이 아프다. 내 안의 요조를 누군가 알아봐주지 않을까 서글픈 기대를 한다.

지금 저에게는 행복도 불행도 없습니다. 모든 것은 지나간다는 것. 제가 지금까지 아비규환으로 살아온 소위 '인간'의 세계에서 단 한 가지 진리처럼 느껴지는 것은 그것뿐입니다. 모든 것은 그저 지나갈 뿐입니다. 저는 올해로 스물일곱이 되었습니다. 백발이 눈에 띄게 늘어서 대부분의 사람들은 마흔 살 이상으로 봅니다.

'하느님같이 착한 아이'였던 요조가 쓴 마지막 글귀. 드물게 순수하고 사려 깊은 이들의 외로움은 종종 세상을 위협하는 공포가 된다. 세상 모든 요조, 이 밤은 편안히 잠들었는가.

프레임의 차이

얼마 전 귀갓길에 집 근처 과일가게에서 상자에 담아둔 딸기를 샀다.(물론 주인 아주머니는 '정말 달고 맛있다'고 하셨지.) 집에 와서 꺼내보니 도무지 단맛이 없고 아래쪽에 있던 것들은 심하게 물러서 제대로 먹을 수가 없었다. 다음날 귀갓길에 아주머니께 한마디 하기로 결심! (다른 사람들을 위해서라도)

그리고 다음날. 집 쪽으로 걸어가다 과일가게 근처. 아주머니가 하루 장사를 마치고 길가 판매대를 정리하는 모습이 보인다. 오늘따라 왠지 더 나이 들어 보이는데… 포기!

어제 새벽. 기획서 작업을 하다가 피곤해서 집 근처 찜질방에 갔다. 각종 탕 속에서 유유자적하고 있는데 갑자기 엄청나게 큰 빨간색 플라스틱 신발을 신은 청소 아주머니 등장. 내 목욕가방을 던

지듯 옆으로 치운다. “3시부터 5시까지 청소니까 빨리 하고 나가지?”(분명히 ‘나가지?’라고 했다) 당황한 나, 쫓기듯 밖으로 나오게 되었는데, 머리를 말리는 내내 어이가 없는 것이었다. 1층 관리인에게 한마디 해야겠다고 결심! (다른 사람들을 위해서라도)

그리고 계단을 걸어내려가는데, 짧은 순간 드는 생각들. 얼굴이 피곤해 보였어. 그래, 이 시간까지 일을 하려면 힘들고 짜증나긴 하겠지?… 포기!

난 정말 왜 이렇게 심약한 것일까. 어린 시절엔 그 심약한 성격 탓에 제때 화를 내지 못해 속으로 앓거나, 아주 가끔 화를 내면 주위사람들이 필요 이상 당황하는 부작용을 겪기도 했다. 그러나 나이가 들어가며 많은 것들이 평화로워졌다. 사람들과의 소통 방식에 조금은 익숙해졌거나, 혹은 지나간 것에 대해 좀 더 빨리 마음을 비우는 방식으로 말이다.

우연한 기회에 ‘인지언어학’을 전공한 젊은 학자와 저녁식사를 함께 했다. 언어의 몸. 마음의 몸. 사전적 의미로는 ‘언어, 몸과 마음, 문화의 상관성을 밝히려는 언어 이론’이라는데, 뭐가 뭔지 잘은 모르겠지만 꽤 흥미로운 대화를 나눴다. 플라톤에서 촘스키를 거쳐 눈먼 시계공 이야기까지. 제일 재미있었던 진화론에 대한 수다 한 토막.

진화론자와 창조론자는 서로 싸운다. 그러다 '신창조론'이란 것이 생겨났다. 이론인즉
- 부속품들이 떠돌다 어느 한순간 조립되어 영장류로 탄생한다.
- 이때 가해지는 '절대적이고 불가사의한 힘'이 바로 '신의 힘'이다.(비행기 부속품을 창고에 그냥 모아둔다고 비행기가 되지는 않는다.)
- 이렇게 탄생된 생명체가 인간으로 진화한다.

창조론과 진화론을 어느 정도 조합한 것이라 하겠는데, 아무리 그래 봤자 결국 진화론자와 창조론자는 싸운다, 계~속. 이런 얘기를 나누면서 함께 내린 결론은
- 어떤 분야에서든 대립은 해결되지 않는다.
- 헤게모니 교체를 시도하기 위해서는, 한쪽의 제일 유명한 사람이 죽을 때까지 기다려야 한다.

학술적 논쟁이든 인간 사이의 커뮤니케이션에 있어서든 대립이 해결되지 않는 이유를 그가 '프레임'의 개념으로 설명해주었다.
- 양쪽의 프레임이 다르면 어떤 대립도 해결되지 않는다.
- 프레임의 차이는 상식과 합리로 설명될 수 없다.

나이가 들어가고 사람들과의 커뮤니케이션에 익숙해졌다 해도, 일을 하다 보면 도무지 이해할 수 없는 부류의 사람을 드물게 만난다. 아무리 같은 말을 반복해도 똑같은 난관에 봉착하게 되고, 기초적인 상식이라 생각되는 영역에서도 의외의 양태를 보이는. 게다가 권위적이기까지 하다면. 윽! 그런데 뭐랄까, 이번 대화를 나누면서 우습지만 잠시 마음이 편해졌다고 할까. 그와 나는 프레임이 달랐던 것이다!

해결책은? 그가 늙어 죽을 때까지 기다린다. 이크, 이건 아니고. 서로의 프레임 차이를 인정한다.(일의 본질에 있어 프레임 차이는 협력 관계 자체의 오류, 방식의 디테일 차이는 기술적 해결 대상이다.) 일이 끝나면 다신 안 본다. 단순하군. 물론 이것은 개별적으로 일할 수 있는(그것도 상당히 주체적으로 일할 수 있는) 제한적인 경우다. 대부분의 사람들은 프레임이 다른 온갖 유형의 타인들 속에서 전투적으로 살아남아야 하는 고된 사회생활을 하고 있다.

젊은 시절, '군데군데 자갈이 섞여 있어야 세상은 진창이 되지 않는다'던 소설 〈장 크리스토프〉의 한 구절을 아름답게만 기억했다. 내 걸음을 방해하고 때로 걸려 넘어지게 하는 그 자갈이 세상을 진창이 되지 않게 하고, 그 진창에 내 발이 빠지는 것을 막아주고 있을 수도 있다는 가능성. 그러나 살아가며 차츰 다른 쪽으로도 생각을 하게 되었다. 균형 잡힌 세상에 대한 그런 신화가 때로 사회적 인간을 만들어내려는 억압일 수도 있다는 것. 그리고 그 자갈은 나를 단련하는 에너지가 아니라 그저 '불의'일 수 있다는 것. 작은 힘들을 모아 가차없이 뽑아낸다 해도 세상은 진창이 되지 않을 것이다.

벼린 칼 한 자루를 가슴에 품고 사는 인생. 이것은 그저 상징이 아니라 영화 〈오피스〉에서 펼쳐진 것과 같은 지금 우리의 현실이다. 살아남기 위해 괴물이 되어가고, 그 괴물은 또 다른 억압의 대상을 찾고, 낙오에 대한 공포 속에서 세상의 질서는 그렇게 유지된다. 프레임이 다른 개개의 사람들이 성과와 실적이라는 목표 아래 뭉쳐 있는 듯 보이는 세상. 그러나 그것은 어쩌면 매 순간 서로를 향해 칼을 겨누고 있는 적들의 세상이다. 그 속에서 오늘도 살아남아 가족의 저녁 식탁으로 귀환해야만 하는, 당신의 하루가 눈물겹다.

어머니

아무래도 제가 지옥에 한번 다녀오겠습니다

아무리 멀어도

아침에 출근하듯이 갔다가

저녁에 퇴근하듯이 다녀오겠습니다
식사 거르지 마시고 꼭꼭 씹어서 잡수시고
외출하실 때는 가스불 꼭 잠그시고
너무 염려하지는 마세요
지옥도 사람 사는 곳이겠지요
지금이라도 밥값을 하러 지옥에 가면
비로소 제가 인간이 될 수 있을 겁니다

– 정호승, '밥값'

우리는 약간 임신할 수 없다

인생을 늘 똑같은 방법으로 살아가는 사람들이 있다.

그들은 사는 것이 아니다.

늘 너무 같은 방법으로 일하는 예술가와 대가들이 있다.

그들은 다른 사람들과 자신에게 고백하지 않으면서 예술가이기를 포기했다.

나쁜 걸 만들었다고 예술가이기를 포기한 게 아니다.

모험을 두려워하는 순간에 예술가이기를 포기한 것이다.

주말, 햇살 좋은 도서관 창가에 앉아 하인리히 뵐의 책을 읽었다. 모험을 두려워하는 예술가들. 그들에겐 단 한 번의 발견이 있을 뿐이다. 이후엔 오직 믿고 각색하고 주장하는 일만 하면 된다. 한번 발견한 밑천을 계속 내다파는 것은 가장 실용적이면서 동시에 가장 믿을 만한 명성의 수단이 되기도 한다.

뷜이 인용했던 문구 중에 재미있는 대목이 있었다. '우리는 약간 임신할 수 없다.' 그래서 뷜 자신도 '약간' 예술가일 수 없었노라고. '어떤 직업을 가졌든지 마찬가지다. 다른 선택이 없다는 건 위대한 말이다.' 그래, 약간 임신할 수는 없지. 그런데, 그래서는 안되는데, 나는 늘 약간 살아왔다. 약간 존재해온 세월. 부서지고 희미하게 깜박이며 약간 존재해온 세월.

거대한 불이 초원을 휩쓸고 간 후의 풍경을 담은 애니메이션을 본 적이 있다. 재뿐인 벌판에서 상처 입은 짐승들이 어떻게든 살아보려 기를 쓰다가 서서히 죽어가는 모습. 그 후로 가끔씩, 폐허가 된 그런 들판에 저마다 재를 뒤집어쓴 사람들이 쓰러져 있는 상상을 하곤 했다. 한세상 억척스레 살다가 더 이상 붙들어볼 어떤 희망도 사라진 순간. 발버둥치다 비로소 모든 것을 받아들이게 되는 사람들의 서글픈 풍경.

그렇게 마지막을 맞기라도 한 것처럼 존재한 날들이 있었다. 아득한 가로등 불빛의 거리. 눈 맞으며 명멸해가는 사랑했던 이들의 뒷모습. 나의 신은 때때로 나를 잊은 듯했고, 너도 헛되고 나도 헛되어 남은 건 세월과 한탄뿐이라 여겼다. 벼린 칼끝을 자르고, 뭉텅뭉텅 살점 떨어져버린 기억들을 수습하며 느끼던 그 모든 슬픔과 뜻 모를 억울함. 숨 막히게 고요했던 내 청춘의 한때.

벨벳 언더그라운드의 노래가 흐르고 있다. 이럴 때면 늘 밴드의 기타리스트였던 스털링 모리슨을 떠올리게 된다. 멋진 연주를 들려주던 그는 밴드 탈퇴 후 멕시코 만에서 고기잡이배의 선장으로 바다를 항해하다 삶을 마감했었다. 스스로 후회 없이 충만한 삶이었노라고 말했던 그. 언젠가 나의 마지막 또한 그랬으면 좋겠다. 한세상 치열하게 살아갈 열정이 있어야 하겠고, 어느 순간 놓아야 할 것들을 미련 없이 놓아버릴 줄 또한 알아야 하겠지.

뵐의 표현처럼, 인생이란 긴 여정 속에서 어느 순간 내 영혼을 미끄러지게 만드는 바나나껍질이 몇 개 있다. 근원적인 무력감, 지적 강박, 자기 연민. 수시로 미끄러지고 또다시 길을 나서는 바보 같은 나. 길 위의 모든 것들이 스승이자 친구. 바나나껍질 빼고.

정당히 구할 것을 구하고, 분노할 것에 분노하되, 영혼의 평정을 잃지 말라. 눈 똑바로 떠라. 스스로 방기한 삶은 어떤 변명으로도 구제되지 않는다. 목적 없는 야망도 허무하지만, 열정을 생략한 냉소도 결코 아름답지는 않으리. '약간 존재하지 않기 위하여' 이 땅에서 무엇을 더 할 수 있을지 고민하며 살아야겠다.

지나간 인생을 되돌아보기 위한 여생이라면 필요 없다.
사소한 일에 구애받지 말라.
이승에서의 이별을 두려워하지 말라.
여명의 빛은 이별의 피안에 있다.
계란 껍질을 깨지 못하는 병아리를 기다리고 있는 것은 질식사뿐이다.

너는 아직 불편부당을 주장할 나이가 아니다.
너는 아직 자책의 염에 시달릴 나이가 아니다.
너는 아직 견실한 생활을 지킬 나이가 아니다.
너는 아직 유유자적한 나날을 보낼 나이가 아니다.
너는 아직 선인의 실패를 교훈 삼아
움직이기를 그만둘 나이가 아니다.

– 마루야마 겐지, 〈천년 동안에〉 中

정치적 세련됨에 대하여

오랜만에 책장에서 〈악셀의 성〉을 다시 꺼내 읽다가 비평가 에드먼드 윌슨에 대해 잠시 생각했다. 내가 윌슨을 좋아하는 이유는 진보적이면서도 유연하고 위트가 있기 때문이다. 영문학에서 이른바 '진보'의 틀을 수용했다는 비평가들의 한계는 역사 속에서 되풀이되었다고 평가받는데, 간단히 말하자면 그들은 - 촌스럽다, 혹은 뻣뻣하다. 그것이었다.

T.S. 엘리엇이나 엠프슨, 발레리 같은 우아한 병풍 뒤에서 미국 남부 보수주의자들이 〈나는 내 자리를 지키련다〉(제목하고는) 이런 책을 내고 분주히 입지를 만들고 있을 때, 진보 문인과 비평가들은 무얼 했나? 무얼 했겠지. 그런데 문제는 그들이 대체로 너무 거칠고 촌스러워 보였거나 도그마에 빠진 것으로 보였던 것이다. 윌슨 같은 이들의 존재는 그래서 더욱 환영받았다.

어쩌면 우리나라에서 정치를 하는 이에 대해 진보적이면서 세련되기까지를 바란다면 너무 한가한 욕심으로 비춰지겠지. 하지만 중요한 건, 대중들에게 어떤 방식으로든 좀 더 가까이 다가설 수 있기를 바라는 것이 그 본질이라는 데 있다. 그런데 더 중요한 건, 드물게 진보적이면서 위트 있고 세련되기까지 하다면 본질을 의심받거나 가볍다고 폄훼당하기 십상이라는 것이다. 그냥 진보가 싫은 것이다, 그들은.

어느 쪽에도 편견과 치우침이 없다는 나름의 정치관을 피력하는 이들도 가끔 보게 된다. 하지만 적어도 나는 '편견이 없다는 말은 종종 판단이 없다는 말과 같다'고 한 하인리히 뵐에게 공감하는 쪽이다. 편견이 없다는 미명 하에 자신의 유불리에 따라 양시양비론을 펼치는 일군의 무리들. 적을 상대하는 것보다 그런 비겁함을 마주하는 것이 나는 더 싫다.

내가 정말 좋아하는 연작소설 〈돈 까밀로와 빼뽀네〉의 한 장면. 빼뽀네가 정적들에게 밀려 마을읍장을 때려치우겠다고 했을 때, 그를 못 잡아먹어 안달이던 자본가들이 마을에 대한 투자를 줄줄이 취소한다. 빨갱이 공산당이라 거품 물고 비난하던 그들도 결국 마을에서 가장 사리사욕 없고 믿을 만한 사람이 빼뽀네임을 인정하고 있었던 것이다. 뭐, 그냥, 그렇다는 말이다.

다시 〈악셀의 성〉으로 돌아와서. 에드워드 사이드의 말처럼 영문학사에서 현실을 제대로 꿰뚫어보면서도 정치적 세련됨, 고도의 지성과 역사 인식을 가진 드문 비평가 중 하나가 바로 에드먼드 윌슨이란 평가에 공감한다. 물론 월터 카우프만 같은 인문학자는 〈인문학의 미래〉에서 그를 경솔한 저널리스트로 치부하긴 했지만. 그런저런 의미를 떠나더라도 나는 그의 문체와 스타일이 마음에 들고, 지적이면서 재기 넘치는 분석을 읽어 나가는 것이 재미있다.(엘리엇의 작품을 높이 평가하면서 짐짓 이렇게 덧붙이는 식이다. "그런데 나는 작품 속 그의 말투에 약간 짜증이 난다.")

뚜렷한 의식을 가지지 않은 회색인이란 비판의 시각도 있었으나, 현대예술가 만 레이의 묘비명이 요즘 유난히 생각난다.

만 레이, 참여하지는 않았으나 무관심하지는 않았던.

그가 생전에 그런 말을 했었다. 현실정치 하에서 세상을 좋은 곳으로 바꿀 가능성은 희박하다고. 하여 자기는 그저 '세상이 조금 덜 나쁜 곳이 되도록' 애쓸 뿐이라고. 때로 슈티르너 같은 아나키스트들에게 관심이 가는 것은, 현실에 절망한 패배의식 때문이라기보다 권력과 조직의 태생적 한계와 악취가 너무도 자명한 것으로 느껴지기 때문이다.

따라서 공동체를 갈망하는 것을 그만두자. 차라리 개별성을 좀 더 얻으려고 애쓰자. '인간사회'와 같은 광범위한 집단을 추구하지 말자. 우리의 소유로서 이용할 수 있는 수단과 도구만을 구하자.
아무도 나와 '닮은꼴'이 아니며, 다른 모든 존재자와 닮은 인간은 나에게는 소유물이다. 설사 '이웃'에 대하여 인간답게 처신해야 한다고 아무리 말한다고 해도, 나에게는 어느 누구도 '존경의 대상'이 아니다. 나의 이웃은 다른 존재자들과 마찬가지로, 내가 호감이 있거나 혹은 호감이 없는 대상이고, 내가 흥미를 갖거나 혹은 흥미를 갖지 않은 대상이며, 내가 이용할 수 있거나 이용할 수 없는 대상일 뿐이다.

– 막스 슈티르너

다른 책과 논문을 통해 단편적으로 접한 아나키즘 철학자 막스 슈티르너의 〈유일자와 그 소유〉를 원문으로 읽어보고 싶다. 인간이 오로지 자기 자신과 그 이익만을 응시할 때 권력을 쥔 주인과 채찍으로부터 자유로워질 수 있다는 말, '인간의 자유의지'와 '국가'는 먹느냐 먹히느냐 하는 적대관계에 있는 힘이며 양자 간에 영원한 평화는 있을 수 없다는 말, 근대의 입구에 '신인(神人)'이 있었으나 인간이 스스로 유일신이 되어 더 큰 권력을 차지하기 위해 신을 죽였다는 개념 등에서 큰 충격을 받았던 기억이 난다. 영어공부라도 좀 제대로 해둘 것을. 원하는 것이 있어도 기꺼이 수고하지 않고, 늘 후회만 하며 살아가는 바보.

지난번 총선 때였다. 종종 프로젝트를 함께하는, 나의 성향을 잘 아는 사업가 K가 전화로 이런 말을 했다.

"사업상 어쩔 수 없이 모 정치조직에서 역할을 맡게 되었는데… 희은 씨, 앞으로 저를 싫어하실 거죠?"

조심스런 그의 말에 나의 대답은 간단했다.

"안 싫어할게요. 사업은 사업이죠. 실리를 찾아가셨으니, 챙길 게 뭐가 있나 최대한 잘 살펴보세요."

그는 내게 고마워했지만, 사실 고마워할 일은 아니지. 내가 그런 선택을 하지 않을 것이라 해서 남에게도 똑같은 걸 기대해선 안 된다. 내 맘 같은 사람이야 세상에 하나면 족한 것. 그조차도 쉬운 일은 아닐 테지만.

사는 게, 많이 힘들어요?

엄마　너 말이다, 혹시 지금까지 엄마랑 아빠 땜에 못한 게 있어?

나　네?

엄마　그러니까 가족 때문에 니가 하고 싶은 걸 못하고 산 게 있냐고.

나　왜 그런 걸 물으세요?

엄마　니가 만든 바이올린을 보다가, 어느 날 갑자기 그런 생각이 들더라. 이 애가 내가 아는 사람이 아닐 수도 있겠다는 생각.

어느 해 명절. 거실에서 뒹굴고 있던 내게 어머니가 갑자기 이런 얘기를 하셨다. 고향집 거실, 어린 시절 사용하던 피아노 위엔 내손으로 직접 만든 바이올린이 놓여 있다. 직장을 다니며 저녁마다 클래식기타를 배운 선생님의 작업실에서 악기 제작을 함께 배우던 시절. 도면과 제작 후의 소리들을 연구하고, 톱밥과 먼지로 뒤덮인 작업실에서 틈만 나면 나무를 자르고 사포질을 하고 안료를 칠하며 악기를 만들던 나는 결국 그 바이올린을 끝으로 손목 인대가 파열되었다.

서울에 올라오셨다 깁스를 한 나를 보신 어머니, 어처구니없어 하시다가 장식품으로 쓰겠다며 가장 눈에 띄는 붉은색의 그 바이올린을 가져가셨던 것이다. 그 후 나는 손목의 깁스를 풀고도 오랫동안 생활의 불편은 물론 기타조차 칠 수가 없었다. 인대가 완전히 망가질 동안 직장생활을 하면서도 나머지 시간엔 오로지 기타를 치고 나무를 다듬었다. 육체적 고통에도 아랑곳하지 않았다. 점점 극한에 이르는 팔과 손목의 통증을 참아 넘기며 다음날 저녁이면 또 기타를 치고 작업실에 앉아 나무를 다듬고 있던 기억이 난다.

어느 날 퇴근 후, 연주를 하다말고 피로를 이기지 못해 기타 위에 머리를 얹고 잠들었던 나. 깨어보니 선생님이 언제부터였는지 막막한 얼굴로 내 앞에 우두커니 서 계셨다. 그리고 들려온 조용한 목소리.

"희은 씨. 사는 게… 많이 힘들어요?"

그랬었나, 그때? 그랬었지, 그때. 그렇게라도 하지 않으면 견딜 수가 없었던 시절. 선생님의 그 목소리가 너무도 깊어서 하마터면 눈물이 쏟아질 뻔했다. 잠든 나의 모습 앞에서, 어쩌면 당신 삶의 어두웠던 시절을 떠올리며 나에게 건넬 언어를 찾고 있었을지도 모르는 선생님. 그리고 들려온 그 한마디. 다정하다기보단 깊다, 라고밖에 표현할 수 없는 그 목소리에 위로받았었다. 때로 사람은 진심이 담긴 찰나의 눈빛과 목소리에도 위로받는다.

아리스토텔레스에 의하면 사람의 목소리는 곧 '영혼의 상태에 대한 상징'이다. 그 내용과는 별개로 목소리 자체에서 전해지는 감정이나 영감이 있다는 뜻이다. 그런 의미에서 나는 오래전 영화 〈영원과 하루〉의 테오 앙겔로풀로스 감독이 내한했을 때, 관객과의 대화 시간에 했던 이야기를 이해할 수가 있었다. 그의 영화에서만 음악을 담당한 작곡가 엘레니 카라인드루의 작업 방식에 대한 얘기였는데, 그녀는 영화음악을 맡으면 일단 감독이 영화에 대해 설명하는 목소리를 녹음한다고 한다. 그러고 나서 말의 내용이 아니라 그저 그 목소리의 톤과 색채를 반복적으로 느끼면서 음악적인 영감을 떠올린다는 것이다. 사람의 목소리는 그 자체만으로도 많은 정보를 내포하고 있다.

말이든, 목소리든, 어떤 형태의 도움이든 인생의 시기마다 참 많은 이들로부터 위로받았다는 생각을 한다. 따뜻한 말 한마디. 함께한 밥 한 끼. 그저 무신경한 듯 일상을 함께해준 친구까지. 한결

같은 잔소리와 구박을 하면서도 틈만 나면 싫다는 나를 끌고 시장으로 찜질방으로 돌아다니며 생각을 멈추게 만들었던. 위로는 그렇게 따뜻하게도 무심하게도 온다.

미카엘 엔데의 소설 〈모모〉에는 특별한 위로의 능력을 가진 소녀 모모가 등장한다. 누구나 가질 수 있어 보이지만, 사실 아무나 가지기 힘든 능력. 그것은 바로 '다른 사람의 말을 귀담아 들어주는 능력'이었다. 눈을 맞추고 그의 이야기를 들어주고 공감해주는 것. 그런 이들이야말로 동화 〈알라딘〉에 묘사된 것처럼 '가치가 쉽게 눈에 띄지 않는 사람, 진흙 속의 다이아몬드 같은 사람'일지도 모른다. 그는 요술램프를 가질 자격이 있다.

어디에서나 회색인간의 그림자와 마주치게 되는 바쁘고 아픈 사람들의 도시. 당신을 구하기 위해 긴 모험을 떠났던 모모가 돌아왔다. 지금, 당신의 눈을 바라봐주고 이야기를 들어주는 그의 모습으로.

어느 해 명절. 갑작스런 어머니의 질문에는 웃음으로 답했다. 못하고 산 게, 물론 있죠. 하지만 가족 때문에 할 수 있었던 게 훨씬 많아요. 고맙습니다.

우울의 효용

Eins in die Fresse, mein Herzblatt.(내 심장 조각 하나를 씹어 먹어라.)
대단히 도발적인 음반 제목이로군. 씩 미소 짓게 된다. 역시, 볼프 비어만. 그는 노래하고 또 시를 쓰면서 세상에 대한 도발을 감행하는 사람이다. 2005년 서울국제문학포럼 참석차 내한했을 때 김민기 씨와 함께 공연을 하기도 했다.

내게 말해다오,
어째서 온갖 관료주의자들의 둥지가 그토록 좋은가를
그것이 어떻게 열정적이고도 민첩하게
민중의 목을 내리누르고
세계사의 큰 바퀴를 굴리는지를
그들이 싫증나!

– 볼프 비어만, '그들이 싫증나' 中

독일의 반체제 작가 볼프 비어만. 다른 나라에서 공연을 하던 중에 국적을 박탈당한 적도 있었다는 그의 솔직하고 과격한 행적에 흥미를 느꼈다. 폴커 브라운 같은 작가의 시에 비어만의 벤조와 기타를 조롱하는 구절이 있는 걸 보면, 같은 저항성을 띤 독일작가들 내부에서도 크게 인심을 얻은 것 같지는 않지만. 어딜 가나 극명한 호불호를 몰고 다니는 인간형. 지하 공사장에서 파이프를 설치하던 노동자 출신의 폴커 브라운에게 비어만은 어쩌면 팔자 좋은 베짱이처럼 보였을지도 모르겠다.

오래전 독일문학에 빠져 있을 때, 당시 우리나라에서 번역되지 않은 귄터 쿠네르트의 단편소설과 시를 구해 읽곤 했었는데, 그와 볼프 비어만의 대담 자료를 정말 재미있게 봤던 기억이 있다. 하여간 어쩔 수 없는 비어만의 그 냉소적인 말투라니.

비어만 **내가 쿠네르트처럼 생각한다면, 차라리 죽는 게 낫습니다.**

이러니 같은 작가들도 당신을 싫어하는 게 아닌가. 나는 때때로 이런 구제불능의 비타협적인 인물들을 보면, 불가사의할 만큼 커다란 애정을 느끼곤 한다.

비어만 나는 슬픔의 독점화를 도저히 참고 넘길 수 없습니다. 그건 나를 화나게 만들지요. 물론 나 역시 오래전부터 최소한의 범위에서 쿠네르트처럼 그렇게 슬픔에 잠겨 있어요. 조금 전에 쿠네르트는 자신의 태도를 표현하기 위해서 두 단어를 사용했습니다. 절망. 그리고 우울. 그런데 내게 있어 두 단어는 서로 다른 세계의 영역입니다. 어쩌면 나 역시 절망하고 있어요. 왜냐하면 이 세상에는 나를 절망하게 하는 수많은 이유가 존재하기 때문이지요. 그렇지만 '우울'은 내가 정확히 파악하건대 나르시시즘에 입각한 슬픔의 표현입니다. 그건 그저 한 인간으로 되돌아가서, 더 이상 세계에 어떤 작용도 끼치지 못하게 하는 무엇입니다. 나는 최소한 세계에 어떤 영향을 끼치고 싶습니다.

그렇다, 비어만은 쿠네르트의 작품세계를 관통하는 우울하고 비관적(일 뿐)인 정서가 마음에 들지 않았던 것이다. 절망 이후엔 행동이 있으나, 우울은 그저 그 자체일 뿐이라고 생각했던 것 같다. 그에 대해 쿠네르트가 자기의 작품세계를 방어해본다.

쿠네르트 염세주의나 비관적이라는 등의 표현은 나의 시 작품에 해당되지 않습니다. 나의 작품들은 오히려 리얼리즘적이지요.

하지만 역시 비어만에게는 먹혀들지 않는다.

비어만 왜 인류가 반드시 몰락하게 되는가? 작가로서 그러한 이유를 지적하는 것은 필요하다고 봅니다. 그 때문에 나는 당신의 시를 읽곤 하지요. 그렇지만 당신의 슬픈 시편들은 역시 나를 또 한 번 자극합니다. 저항감을 느끼거든요. 당신의 태도는 언제나 나를 화나게 만들어요.

정말 흥미롭다. 뛰어난 두 작가의 현실과 인류와 유토피아에 대한 생각들. 사실 나는 비어만의 강인한 노랫가락, 날것 그대로 통쾌하면서도 시적으로 승화되는 짧은 순간이 있는 작품세계를 좋아하지만, 쿠네르트의 우울한 이미지들 역시 좋아한다. 절망과 우울이라는 (비어만에 의하면) 전혀 다른 두 세계는 내게 있어 똑같이 살아가는 힘이 되어주기도 하였다. 우울이 꼭 주체를 무력화시키는 체제 순응의 단초가 되는 것만은 아니더라는 얘길 하고 싶지만, 역시 비어만이 삐딱한 표정으로 쳐다볼 것 같군.

철저히 우울하다는 건 철저히 외롭다는 뜻이다. 함께 있다고 해서 외롭지 않은 것이 아니다. 함께하면서도 저마다의 세계에서 외로울 수 있으니. 적어도 내게는 행복한 사람과의 만남에서 행복해졌던 기억보다 우울한 영혼들끼리 건네는 위로와 영감이 삶을 견딜만하게 만들어준 기억이 훨씬 더 많다.

지금, 그토록 우울한 당신을 위로하기에 나의 우울은 충분치 않을 것이다. 그러나 삶에 대한 욕망이나 행복보다 인간됨의 고통과 이 세계의 우울을 더 크게 느끼고 상처받는 당신의 섬세한 영혼을, 나는 사랑한다.

별과 별자리의 가족

연말이면 가끔씩 그런 기분이 들곤 한다. 추운 겨울날, 혼자인 내가 마치 성냥팔이 소녀처럼 세상 모든 가족들의 창문에 매달려 따뜻한 집안을 엿보고 있는 것 같은 기분. 이런 얘기를 결혼한 친구에게 했더니 친구가 무심하게 한마디를 했다.

"그 집안의 가족들도 사실 보이는 것만큼 따뜻하진 않아."

10여 년 전쯤, 〈제7의 봉인〉의 잉그마르 베르히만 감독의 부고를 들었을 때 문득 도서관에서 읽은 그의 회고록이 떠올랐다. 유년의 학교 교육이 '철로 만든 코르셋'과 같았다던 그.(스웨덴 교육도 역시?) 권위적이고 폭력적인 성격의 부모 밑을 벗어난 후 단호히 등을 돌린 채 평생 교류하지 않았다고 한다. "사악한 부모에 대한 효도는 가식에 불과하다." 그의 거침없는 발언이 오래도록 기억에 남아 있다.

유년시절부터 그에게 가장 큰 공포가 가족, 교육, 종교, 이 세 가지였다고 한다. 언제나 되풀이되어왔지. 사회를 유지하기 위한 핵심적 요소들이 인간에게 가장 커다란 억압과 공포가 되기도 하는 것. 특히, 가족. 베르히만의 경우처럼 가족의 이름으로 구성원 개개인의 정체성을 억압하거나, 혹은 내 가족을 지키기 위해 무엇이든 할 수 있다는 이기주의가 되는 경우도 적지 않다.

가족 관계로 고통스러웠던 베르히만이었지만, 말년의 회고록에서 결국 가장 쓰라리게 후회한 것 역시 스스로도 그런 가족을 만들었다는 사실이었으니. 세 번의 결혼, 여섯 명의 자녀. 사랑도 없이 결혼생활을 한 자신을 '쇠사슬에 묶인 한 마리 수캐'에 비유하기까지 한 것이다. 지적 엄숙함과 철학적 사유의 작품세계를 숭배하던 상당수의 팬들은 거장의 '너무나 인간적인' 회고록에 실망감을 감추지 않았다. 그러나 그의 분노와 후회와 지리멸렬함 속에는 삶과 예술의 합일을 이룬 이들이 전해주는 것과는 또 다른 방식의 가슴 아픈 깨달음이 분명 있었다고 생각된다.

베르히만. 당신에게 있어 살아가는 기쁨의 원천이 오로지 '술'과 '성적인 쾌감'이었다 하였나? 적어도 당신은 솔직했고, 충분히 성실한 삶을 살았다. 신화가 아닌 인간으로 남고자 한 당신. 그러나 그 작품들은 영화를 사랑하는 많은 이들에게 불멸의 신화이자 영감으로 이어질 것이다.

영화 〈밀리언 달러 베이비〉는 가족이 있으되 없는 것과 마찬가지인 쓸쓸한 사람들의 우정에 관한 이야기다. 늙은 트레이너 클린트 이스트우드가 하나뿐인 딸에게 보내는 편지는 늘 반송되어 돌아온다. 서른이 넘어 권투에 인생을 건 여자, 힐러리 스웽크의 가족은 또 어떤가. 경기 중 척수가 완전히 부서져 불구의 몸이 된 채 병원에 누워 있는 그녀를 찾아온 가족들은 근처 호텔에 머물며 자기들끼리 관광을 다닌다. 결국 병실에서 그녀의 입에 펜을 물려주며 재산증여 문서에 사인하기를 강요하던, 그 참혹한 가족의 풍경.

톨스토이의 소설 〈안나 카레니나〉에는 사랑 말고도 여러 가지 형태의 가족에 대한 이야기가 있다. 애정과 존경 없이 건조하게 관계를 이어가는 가족, 서로에게만 이상적 역할을 기대하며 실망하는 가족 등. 책의 끝부분에 결국 작가가 말하고자 했던 가족의 의미에 대한 대사가 나오는데, '가족이란 별과 별자리의 관계'라는 것이다. 나름의 영역에서 자기만의 빛과 운명을 가지고 있으면서, 넓게 보면 조화로운 질서에 의해 공동체를 형성하는 그런 관계. 그런 아름다운 가족들의 세상을 꿈꿔본다.

간절한 미치광이

아마존의 깊은 정글 속, 그곳에 오페라하우스를 짓고 카루소를 초청해 공연을 하려 하는 사나이. 자신에게 벅찬 감동으로 다가온 공연을 밀림의 친구들에게 보여주고 싶어 하는 무모한 욕망. 사람들은 그를 정신 나간 몽상가라 손가락질하며 비웃음을 멈추지 않았다.

하지만 그는 건축비용을 직접 마련하기 위해 정글로 가서 고무를 찾아 헤맸고, 고무사업의 독점권 확보를 위해 증기선을 바다가 아닌 산으로 통과시키려는 시도를 하기에 이른다. 그리고 결국, 온전히 사람의 힘으로 그 증기선은 산을 넘었다.

TV를 통해 〈위대한 피츠카랄도〉를 다시 보면서 영화 속 주인공과 함께 베르너 헤어조크를 생각하다. 일체의 특수효과를 거부하고, 정말 산으로 배를 끌어올리며 영화를 찍은 감독. 무모해 보이는 열정과 모험심으로 늘 위험을 감수하고 살아가는 이 시대의 돈키호테들을 생각했다. 자신을 미치광이라며 손가락질하는 사람들에게 돈키호테가 이렇게 소리쳤었지.

"누가 미친 거요? 장차 이룰 수 있는 세상을 상상하는 내가 미친 거요, 아니면 세상을 있는 그대로만 보는 사람들이 미친 거요?"

풍차를 향해 돌진하던 돈키호테는 어쩌면 미친 것이 맞겠지만, 겁쟁이나 냉소주의자보다는 간절한 미치광이가 할 수 있는 일이 세상엔 훨씬 많다. 우리에게 주어진 것이 쇳조각을 이어붙인 누더기 갑옷일지라도, 낡은 창과 방패일지라도, 비쩍 마른 말 한 필일지라도, 세상을 헤쳐 나가는 이 고독한 싸움을 멈출 수는 없겠지.

산초 역시 잊어서는 안 된다. 물러나는 것은 달아나는 것이 아니며, 위험이 희망보다 앞설 때는 기다릴 줄도 알아야 한다는 것. 내일을 위해 오늘 발길을 멈출 줄 알며, 하루 사이에 모든 모험을 다 치러내겠다고 덤벼들지 않는 것이야말로 현자가 행할 바라던 산초의 말은, 무심한 듯 끈기 있는 신뢰와 애정이 느껴지기에 더욱 감동적이다. 모험 중에도 급여는 충실히 받아 챙기는 현실주의자였지만, 함께 길을 가는 이의 꿈을 한 번도 비웃거나 부정하지 않은. 돈키호테가 돈키호테일 수 있었던 건, 어떤 상황에서도 끝까지 그를 인정해준 산초가 있었기 때문이다. 돈키호테가 이 세상에 등장한 지 벌써 400년이 넘었다. 책 속의 그의 대사가 기억난다.

이룰 수 없는 꿈을 꾸고
이길 수 없는 적과 싸우며
이룰 수 없는 사랑을 하고
잡을 수 없는 별을 잡자

불가능하여도 굴하지 않고
싸우고 싸우자…

그러고 보면 모험과 공상을 멈춘 지가 까마득하구나. 고만고만한 평안을 얻었으나, 살아 숨 쉬는 영혼을 잃었다. 돈키호테는 스스로를 자각한 뒤 '우수와 자폐'로 인해 죽었지만, 나는 비록 하룻밤의 미몽으로 끝날지라도 먼 훗날 나의 묘비명에 이런 글귀가 새겨지길 꿈꿔본다.

일생 이룰 수 없는 꿈을 꾸고
이길 수 없는 적과 싸웠으나
끝내 깨어나지 않음으로 행복했던 자, 여기 잠들다.

차 한 잔과 같은 사랑

일상 속에서 주로 누군가와 함께일 땐 커피를, 혼자 있을 땐 차를 마신다. 손끝에서 천천히 사라져가는 온기를 느끼며 결국 완전히 식어 본연의 풀 향기가 날 때까지 아주 길게 차를 음미하는 편이다. 오늘 들른 찻집에서 한쪽 벽에 붙여 놓은 '녹차 한 잔'이란 시를 보았다.

그대에게 녹차 한 잔 따를 때
내 마음이 어떻게 그대 잔으로 기울어 갔는지 모르리.
맑은 마음 솟구쳐 끓어오를 때 오히려 물러나
그대 잔을 덥히듯 더운 가슴 식히리.
들끓지 않는 뜨거움으로 그리움 같은 마른 풀잎 가라앉혀
그 가슴의 향내를 남김없이 우려내야 하리.

– 고옥주, '녹차 한 잔' 中

시를 읽다가 문득, 차 한 잔과 같은 사랑을 해본 적이 있었나… 그런 생각이 드는 거였다. 더운 가슴 식혀 들끓지 않는 뜨거움으로 서로의 마음을 우려내는, 차 한 잔과 같은 사랑. 어쩌면 나는 그와 같은 사랑을 누구에게도 건네지 못했던 게 아닐까. 쉽게 기뻐하고 쉽게 노여워하며, 때로 너무 뜨겁고 깊이 우려낸 사랑을 안겨주고서 그 사랑을 온전히 이해하지 못함에 절망했던 젊은 날.

삶 속의 어느 순간. 서로가 서로를 알아보는 그 순간. 어떤 것도 더 이상 중요하지 않고, 사무치는 그리움으로 죽을 수도 있을 것만 같은 확신. 사랑이다. 그러나 사랑은 그 자체로 결코 충분하지 않다. 언젠가 결국 사랑을 잃는 것보다 더 슬픈, 잃은 것이 아무것도 아닌 게 되는 순간이 오고야 마는 것이다. 끝내 퇴색하지 않는 사랑이란 어쩌면 일순간 멈춰버린 사랑이다.

아비 : 우린 1분을 같이 했어. 난 이 소중한 1분을 잊지 않을 거야.
지울 수도 없어. 이미 과거가 되어버렸거든.
수리진 : 1분이 순간인 줄 알았는데… 영원이 될 수도 있더군요.

영화 〈아비정전〉을 떠올려봤다. 이봐요, 수리진. 순간이 영원이 될 수 있는 건, 그 사랑이 순간이기 때문이에요. 그리고는 곧, 긴 사막을 건너야만 하죠.

미국의 어떤 교수가 쓴 〈사랑에 관해서〉란 책을 도서관에서 본 적이 있었는데, 거기에 따르면 사랑엔 세 종류가 있다고 한다. 마약중독과 같은 욕망, 강박적으로 빠져드는 낭만적 사랑, 그리고 잔잔히 오래가는 애착. 여기에서 가장 큰 문제는 이들 감정이 동시에 각기 다른 상대에게로 향할 수 있다는 것.

불꽃 같은 열정과 낭만적 끌림과 잔잔한 유대감, 이 모든 것이 한꺼번에 오직 한 사람에게로 구현될 사랑을 일생 꿈꾸었다. 지금도 별반 달라지진 않았지만, 젊은 날과 달라진 건 그중 꼭 하나만을 고르라고 한다면 망설임 없이 마지막을 고르게 되었다는 것이다. 은은하면서 끈기 있게 살아남는, 그래서 오래도록 풍성한 여운을 남길 수 있는, 내 남은 인생과 사랑은 그런 차 한 잔의 맛과 같았으면 좋겠다.

끝내 사랑이 아니고서야

스탕달은 〈연애론〉에서 사람의 불행은 크게 두 가지라고 했다. 하나, 죽음의 공허. 둘, 뜻대로 되지 않는 정열. 그의 소설 속 대부분의 주인공들은 정열의 수혜자이자 희생자로 결국 죽음의 길에 들어섰다. 줄리앙, 파브리스, 클레리아, 산세베리나. 먼 길을 돌고 돌아 마침내 경험한 사랑. 어긋난 정열과 진실된 사랑의 예민한 오차 사이에서 그들 모두가 생의 마지막을 담담히 받아들였다. 그러니까 이건, 세상에 존재하는 두 가지 불행이 결국 인간의 삶을 삶이게 하는 가치라는 스탕달의 역설이었던 것이다

슬픔은 그대로 있어라, 지상의 자식인 나는
사랑하기 위해, 또 슬퍼하기 위해 태어났느니

– 프리드리히 휠덜린, '고향' 中

26세에 교사로 들어갔던 가정의 부인을 사랑하게 된 시인 횔덜린. 소문이 퍼지고 그 남편이 알게 되면서 결국 모욕을 당하고 쫓겨난다. 몇 년 후 부인의 죽음을 알게 된 그는 이후 40여 년을 정신분열에 빠져 고통받다 죽었다. 손을 잡는 것 정도가 전부였다는 횔덜린의 사랑은, 그의 표현에 의하면 '이 비참한 시대에 나눈 영원하고 성스러운 우정'이었다.

세상엔 분명 피해갈 수 없는 운명적인 사랑이 있을 것이다. 그러나 어떤 경우에도 함께한 이후 영원한 사랑일 수 있느냐 하는 것은 문제로 남는다. 운명을 맞닥뜨리고, 그것을 받아들이기까지의 과정이 워낙 험난하므로 대개의 경우 그 이후는 잊히거나 혹은 은폐되기 마련이다. 운명처럼 이끌려 불타오른 사랑이 변하지 않고 사라지는 방법은 두 가지다. 불의의 사고나 오해로 이별한다. 죽는다. '사랑하는 이들은 죽어야 합니다.' '그들은 자취도 없이 비상하지 않을 수 없었던 겁니다.' 영화를 보면서 문득 잉게보르크 바흐만의 희곡 〈맨하탄의 선신〉이 생각났다. 비극으로 마감된 짧은 사랑에 대한 심판.

어느 비 내리는 날. 태희라는 아름다운 여자가 인우라는 남자의 우산 속으로, 그의 삶 속으로 뛰어들었다. 서로가 운명임을 받아들이고 사랑하는 과정이 참으로 따뜻하게 그려져 있는 영화 〈번지점프를 하다〉. 80년대 초의 정겨운 시대 풍경. 인우의 입대를 앞두고 태희의 교통사고로 둘은 이별하게 되고, 그로부터 17년 후, 인우는 자신의 제자에게서 태희의 자취를 느끼는데…

'차라리 마음 편하게 퀴어 영화라고 해버리고 시작할까 생각했다'는 감독의 농담에서도 알 수 있듯이, 이 영화는 남학생 제자와의 사랑이라는 동성애적 코드로 논란이 되기도 했다. 그러나 가슴 저리게 영화를 본 많은 이들처럼 나 역시 '그저 사랑에 대한' 이야기라고 느꼈다. 제자가 남자라는 극적인 설정을 통해 동성애 논란을 야기한 혐의에 대해서라면, '그럼에도 불구하고'의 운명적 사랑에 대한 집착으로 이해하면 되지 않을까.

전생에서의 사랑을 받아들인 제자와 인우는 결국 번지점프대에서 함께 뛰어내린다. 가족을 뒤로하고, 세상을 뒤로하고, 끝내 사랑할 수밖에 없었으므로, 또한 그것이 끝이 아님을 믿으며. 카메라가 그들의 시점으로 뉴질랜드의 계곡을 유영하던 라스트 신은 오래도록 기억에 남는다. 남겨진 가족에 대한 생각은 접어두고, 그저 이 슬픈 이야기를 가슴으로 받아들여 버렸다. 어쩌겠는가. '그럴 수밖에' 없는 것을. 그러한 사랑이 존재하는 것을.

지리멸렬한 일상에 사랑이 교살되거나, 한계를 넘어서려는 사랑에 목숨이 스러진다. 꺼지지 않는 불꽃은, 희망은, 피안의 세계에 있을 뿐이라 한다. 하지만 여전히 많은 이들이 운명 같은 사람을 만나 영원히 사랑하며 살고 싶어 한다. 끝내 사랑이 아니고서야 그 무엇으로 삶을 위로하고 부유하는 영혼을 이 땅에 눌러 박을 수 있겠는가 묻는다.

세상살이에 외롭고 지칠 때, 완벽한 내 편과 함께 그저 따뜻하게 살고 싶을 때, 필요한 것은 사랑일 것이다. 그러나 사랑 그 자체로는 어떤 것도 완전히 해결되지 않는다. 그 앞에 긴 시간이 놓여 있기 때문이다. 약해지면 약해지는 대로 희미한 불씨 속에서도 서로를 놓지 않고 있음이 쓸쓸한 일이요, 타오르면 타오르는 대로 일련의 열망을 거쳐 불안 혹은 자아상실의 시작이 될 공산이 크다.

'위대한 작가가 그리는 연인들이 죽음으로 뛰어드는 것은, 이별을 피해서가 아니라 일상의 무딘 반복을 피해서다'라는 크리스타 볼프의 소설 대목이 뼛속 깊이 사무치는 날이 올지도 모른다. 그러나 일생 단 한 번밖에 사랑할 수 없을 것 같던 가슴이 다시 더워지고, 숨이 턱턱 막히는 하루하루의 그리움으로 어찌할 바를 모르겠다면. 영화 속 인우처럼 몇 번을 죽어 다시 태어나서도 그 사람만을 찾아다니겠다, 진정으로 약속하고 싶어진다면. 사랑할 수밖에. 또다시 사랑할 수밖에.

한 사람을 얻기 위해 어떤 길고 고통스런 삶의 한복판을 가로질러야 할지라도 나는 기꺼이 존재를 던질 것이다. 그러나 그 한 사람, 당신이 참 다정한 사람이었으면 좋겠구나. 마음을 전할 줄 알고, 존재의 온기를 나눌 줄 아는 사람. 나의 우산 속으로 뛰어들 당신은 분명 좋은 사람일 테고, 나 역시 당신에게만은 세상 누구보다도 착하고 따뜻한 사람이 되어주고 싶다. 무언가를, 아니 모든 것을 당신과 다시 시작하고 싶다.

Chapter_2

영화가 내게 말을 건다

작은 용서

잠이 오지 않아 멍하니 있는 동안, 문득 로베르토 로셀리니의 영화 이미지가 떠올랐다. 〈파이자 Paisan〉 혹은 〈전화의 저편〉. 여섯 달 전에 사랑한 여자를 전혀 알아보지 못하는 미군 병사. 병사와 친구가 되고는 그가 잠들자마자 군화를 훔쳐 달아나는 꼬마. 기약 없이 남자를 기다리는 여자의 주소는 '어느 창녀의 것'이라며 너무도 쉽게 버려진다.

세상은 그만큼 냉혹하고, 어쩌면 우리들도 그저 무시로 잊고 또 잊혀지는, 서로의 것을 훔쳐 무덤덤하게 돌아설 수 있는 사람들인지도 모른다. 사랑의 과정은 한순간에 무위로 돌아가고, 어떤 용맹한 각오를 다진 병사도 죽음 앞에서는 오줌 싸는 아이로 회귀할 뿐이다.

친구 찾기 열풍이 일었던 시절, 중학교 동창으로부터 한 통의 메일을 받았다. 같은 동네 친구라 이름을 기억하고 있었는데, 편지의 내용은 의외의 것이었다. 밑도 끝도 없이 미안하다는, 자기 자신도 나에게 왜 그랬는지 모르겠다는 말. 친하게 지내다 한순간에 그렇게 된 자신을 용서하기 힘들다고도 했고, '그때 그 일'이 있은 후 아무리 오랜 시간이 흘러도 종종 악몽에 시달렸다고 했다. 그때 그 일이라….

이제 와 마음의 짐을 덜어내려 어렵게 말을 건네온 옛 친구의 편지 앞에서 나는 당황했다. '그때 그 일'이 무엇인지 도무지 알 수가 없었기 때문이다. 지방의 시골 학교에서 아이들 간에 소소한 사건사고가 무시로 있었던 탓에 내가 당한 그 많은 일들 중 그 아이가 특별히 무슨 짓을 했는지 기억이 나질 않는 거였다. 가사실습 때 조리도구 정리하러 간 사이 내 밥만 사라져서 혼자 굶었던 일? 책상서랍의 체육복 안에 압정을 넣어놓은 거? 네가 한 그 일이란 게 도대체 뭐였니?

그러나 그렇게 물을 수는 없었다. 친구도 오히려 허탈해할 것 같았고, 긴 시간 나 스스로 '별것 아닌 것'으로 이해하고 받아들인 학창시절의 괴로움이 다시 살아나는 것도 싫었으니까. 이럴 때 필요한 건 그저 진심으로 작은 용서를 건네는 일이다. 용서를 구하는 이의 마음이 다치지 않도록. 너무 무겁지도 너무 가볍지도 않게.

어떻게 답장을 쓰면 그저 한번 웃으며 이 상황을 따뜻하게 넘길 수 있을까 궁리하다가 스탕달의 책 속 구절이 떠올랐다. '재치는 용서를 구하는 데 필요한 것이고, 심지어 용서를 하는 데에도 꼭 필요하다.' 그래, 이런 거였군. 용서를 하면서 재치까지 있어야 하다니, 젠장.

그렇게 나는 기억도 잘 나지 않는 옛 친구의 작은 잘못을 용서했다. 나의 지난 잘못들도 누군가에게 이토록 잊혀질 만한 것이었다면 얼마나 좋을까. 살아오며 알게 모르게 상처를 준 모든 이들에게 미안하다.

누군가를 마음에서 용서하게 되는 가장 자연스런 계기, 적어도 내게 그것은 그의 인간적 한계를 목도하는 것이었다. 현실적 한계, 신체적 한계, 어떤 것이든 그도 나처럼 그저 이 세상과 자연의 섭리 속에 한낱 초라한 인간일 뿐임을 느낄 때. 미움이 사라진 자리에 오히려 안타까움과 염려가 드는 경험을 했더랬다. 보석 같은 영화 〈버팔로 66〉에서 자신의 인생을 엉망으로 만든(만들었다고 믿는) 이에 대한 복수심으로 살아온 빌리가 그를 용서하게 되는 순간도 바로 그런 것이었다. 인기 풋볼선수로 절정의 시기를 보낸 뒤

한물간 주정뱅이가 되어 있는 그의 지친 얼굴 앞에서 빌리는 조용히 돌아선다. 미움도 원망도 우리 모두가 인간이라는 이 쓸쓸한 사실 앞에 거짓말처럼 흩어져버리는 순간.

아직 다 놓아버리지 못한 한 줌의 원망이 있다. 돌이킬 수 없는 시절, 친구가 되자마자 나의 구두를 훔쳐간 사람들. 그들을 언제면 마음으로부터 온전히 용서할 수 있을까.

있었던 마음에 대한 예의

어느 해 명절이었고, 나는 사람에 대한 실망과 쓸쓸함의 정점에 서있었다. 저녁 무렵 불현듯 집을 나와 강릉행 열차표를 끊어두고 편한 후배에게 전화를 걸었을 때, 후배는 신당동에서 청량리역으로 한달음에 뛰어나와주었다.

세 시간이나 남은 열차 출발시각을 함께 기다리며, 근처 청량리 시장에서 소주잔을 기울이며, 무거운 침묵 속에서 잠시의 시간이 흐른 뒤 후배가 이렇게 말했다.

"누나! 누나 입에서 누군가를 원망하는 말이 나온다면, 무조건 그 사람이 나쁜 거예요. 그건 내가 알아요. 그러니까 뭐든 말하고 싶음 말해 봐요."

바보같이 눈물이 쏟아졌다. 말없는 나의 눈빛에서 무엇을 읽어낸 것일까. 눈물을 닦으며 계속 술잔을 기울인 나. 이야기를 할 필요는 없었다. 그의 말만으로도 위로를 얻었으므로. "이제 괜찮아, 다 괜찮아." 애써 웃으며 열차를 타러 가는 나를 후배는 끝까지 근심스럽게 바라봐주었다.

누구도 완벽하지 않지만, 때로 모두에겐 무조건적인 믿음과 위로가 필요한 순간이 있다. 어린아이의 거짓말 하나로 졸지에 성추행범이 된 중년남자에 대한 영화 〈더 헌트〉. 동네 가게에 출입을 금지당하고, 매를 맞고, 키우던 개가 죽어 돌아오고, 정의라는 미명 하에 자행된 그 모든 가슴 아픈 장면들보다도 나를 울린 건 영화의 말미, 주인공이 오랜 친구의 멱살을 잡고 바라보던 눈빛이었다. 상처 나고 주름진 얼굴, 체념과 원망과 미처 다 거두지 못한 우정의 그림자가 어린 매즈 미켈슨의 그 처절한 눈빛 앞에서 오래전 그때처럼 소리 죽여 울었다. 한 사람만 있었더라도, 믿어주는 단 한 사람만 있었더라도 그가 그토록 지옥 같은 고독 속에 몸부림치지는 않았을 텐데…. 〈더 헌트〉는 진실의 가변성이나 현대식 마녀사냥에 대한 영화겠지만, 나에겐 그저 믿었던 모든 이들로부터 한 순간에 버림받은 남자의 이야기로 보였다.

잠깐의 만남과 헤어짐에도 얼마간의 정과 아픔이 있을 것인데, 때로 참으로 잔인한 상황을 마주한다. 긴 시간 정을 쌓아온 존재에 대한 믿음이 흔들릴 때, 순식간에 가차없는 잣대를 들이대며 마음을 거두어가는 사람들. 더러는 그 실망과 참담함이 너무도 쓰라려 폭발하거나 더러는 혼자 쓸쓸히 발길을 돌리겠지만, 대로 가운데 발가벗겨 돌을 맞고 있는 이에게 더 차가운 분노의 돌을 보태는 것보다는 차라리 인간적으로 느껴진다. 발가벗겨진 진실조차 진실임을 확신할 수 없는 세상사, 뉘라서 그토록 쉽게 한 인간을 단죄할 수 있단 말인가.

한 번 사랑한 존재가 어떤 밑바닥 모습을 보이더라도 쉬이 마음을 거두지 못하고 발버둥치는 이를 어리석다 한다면 나는 어쩔 수 없이 어리석은 사람이 되겠지. 어쩔 수 없이 그 모든 추억들을 껴안고 괴로워할 것이다. 삶 속에 귀히 여긴 한 존재의 실상이 얼마나 초라했든, 있었던 마음이 없던 게 되지는 않는다. 있었던 우정이, 있었던 사랑이, 없던 게 되지는 않는다. 있었던 마음에 대한 예의. 한 번 있었던 마음에 대한 예의.

함께한 세월의 두께를 거두어들여야만 할 때가 오더라도, 서로의 눈을 조금만 더 바라봐주면 좋겠다. 그 눈빛의 의미를, 혹여 알아채지 못했을 진실을 조금만 더 읽으려 노력해보면 좋겠다. 때로 남은 것이 아픔과 실망뿐인 인연일지라도 둘 사이에 있었던 그 모든 마음과 시간들이 지금 나의 한 부분을 이루고 있으리니, 진심

어린 인사 정도는 건네며 보낼 수 있기를.

'만약 나한테 조금이라도 아름다운 게 있다면 그건 내께 아니야. 내가 상처 입힌 모든 이들 것이지.'

대학 시절 읽었던 소설 〈아름다운 얼굴〉의 한 구절을 아직도 기억하고 있다. 상처받고 상처 입힌 이들, 사랑했던 모든 이들에게 이 밤, 혼자만의 안부를 전한다.

상처받지 않을 권리

그들은 그들에게 유리한 이야기를 했고, 나는 아무 말도 하지 않았다. 그들은 내게 불리한 이야기를 했고, 나는 아무 말도 하지 않았다. 그들은 대체로 변명과 설득을 원했지만, 나는 아무 말도 하지 않았다. 그리하여 나는 종종 나쁜 사람이 되었다.

어릴 적부터 내게 큰 문제가 있었으니, 상황이 꼬이거나 나쁘게 돌아갈 때 길게 이야기하는 것을 몹시 싫어한다는 거였다. 부모님과의 사이에 뜻하지 않은 오해가 생겼을 때에도 잘못했다 빌거나 변명을 하지 않아 일이 더 커지곤 했는데, 그런 나를 붙잡고 타이르시던 아버지의 모습이 기억난다. "얘야, 아무리 가족이라도 말을 해야 너를 알 수가 있어."

오래전, 오늘처럼 눈이 오는 날이었다. 붉은 피가 배어나오는 붕대를 손에 감고 논둑길을 건너 집으로 돌아가던 그날. 중학교 시절이었다. 저항 한번 못해보고 일방적인 폭력을 당했던 날.(그는 선생님이었으니까) 무슨 이유에선지 아침부터 잔뜩 짜증이 나 있던 선생님. 이해할 수 없는 상황에서 교탁 앞에 나를 세워놓고 잘못을 빌라는 그의 다그침에 입을 닫고 있었던 탓이다. 나무로 맞은 손바닥에 살이 터지고 피가 엉겨 붙어 집엘 들어갔는데, 학교에 소란이 날 것이 신경 쓰여 '청소를 하다 실수로 혼자 다쳤다'고 부모님께 이야기했다.

세월이 흐르고, 나이가 들고, 나는 알게 되었다. 거짓을 말해서는 안 될 것이나 경우에 따라 나는 내게 유리한 사실만을 말할 권리가 있다. 나는 상대에게 불리한 사실을 말할 권리가 있다. 나는 저항하거나 분노를 표현할 권리가 있다. 나는 부당하게 상처받지 않을 권리가 있다. 그 권리를 지키며 살아야 한다. 그러나 한 가지. 내게 있어 소중한 무언가를 지키기 위해 감당해야 할 오해나 상처라면 결코 두려워하지 말 것.

영화 〈내 책상 위의 천사〉는 자신만의 방식으로 세상과 소통하는 존재가 살아가기에 이 세상이 얼마나 편협하고 폭력적인지를 보여준다. 누구와도 맞서지 않으면서 자기의 신념과 자유 의지를 지켜가는 자넷의 섬세함은 우울한 사회부적응자의 낙인이 찍힌 채 정신병동으로 내동댕이쳐진다. 대인기피증에 오로지 책을 벗 삼아 자기의 세계에서 유영하던 자넷의 모습에서 젊은 시절의 나를 보는 것만 같았다. 책 속에서만, 음악 속에서만 살아 있음을 확인하던 날들. 계피 향처럼 희미하게 피어나던 정신을 다잡아 사회에 적응하려 몸부림쳤던, 길고 아팠던 날들의 기억.

K 당신은, 당신만의 세계 속에 사는 사람 같아.

나 글쎄… 무엇 때문에 그렇게 느끼지?

K 당신은 TV나 게임 같은 걸 안 좋아하는 사람이잖아. 늘 하는 일과는 전혀 관계없는 엉뚱한 종류의 책을 읽고, 채식주의자에다, 정치적인 현안에 대해서만큼은 여자치곤 너무 고집스러워.

가끔 만나던 지인이 언젠가 이런 말을 했다. TV시청이든 게임이든 뭐든, 무언가를 안 좋아하는 건 그저 그것들이 나에게 재미가 없기 때문이다. 그가 보기에 '엉뚱한' 종류의 책(아마도 물리학 같은)을 읽고 있는 것은, 내가 살고 있는 세상에 대한 기질적인 호기심 때문이다. 고기를 먹지 않는 것 역시 어릴 적부터 타고난 체질이었고,(신념에 의해서라고 해도 달라질 건 없다. 그저 선택의 문제일 뿐) '여자치곤 정치적'이라고 하는 말은 그 말의 성립 자체가 올바르지 않은 것이다. 누구에게나 '자기의 세계'가 있다. 그것을

'자기만의 세계'라 칭하는 것이 때로는 또 다른 방식의 폭력이 되기도 한다. 내가 당신의 세계를 존중하는 것처럼 당신도 나의 세계를 그대로 바라봐주면 된다. '자기만의 방'이란 말은 영감의 원천으로서 개별적 세계에 대한 존중보다 오히려 선입견에서 비롯된 비난의 은유로 쓰일 때가 많음을 기억했으면 한다.

세상으로의 걸음을 내딛었다고 해서 그것이 다가 아니었다. 미움 받지 않는 것이 삶의 목표라도 되는 것처럼, 누군가에게 손가락질 받는 것이 실패한 삶의 증거라도 되는 것처럼, 그렇게 심약해져 갔던 청춘의 날들이 또한 있었으니. 하지만 나이 듦의 좋은 점. 그 후의 시간이 스스로와 친해질 만큼 충분히 길다는 것.

나는 완벽하지 않다. 나는 꼭 나만큼의 삶을 산다. 하지만 누가 뭐래도 사라지지 않는, 결단코 잃을 수 없는 내 안의 무엇들. 어느 아침. 내 영혼이 먼저 깨어 나를 보고 있던 아침. 조용했고 눈이 내렸고 뿌리 하나가 뻗어 나왔다. 그 뿌리는 시간과 함께 단단해져 나의 존재를 지탱할 것이다.

아아, 바보 같은 내 고양이

머리가 듬성듬성 빠지고 볼품없이 늙은 남편 톨야. 가진 몸 하나를 밑천 삼아 하루하루 공사장 일자리를 돌며 멀리 떨어져 있는 가족을 부양한다. 여성의 날, 공중전화 앞에 늘어선 인부들이 차례로 아내에게 축하의 인사를 하는데(이스라엘에선 특별히 기념하는 날인 모양이다), 하필 그날 아침에 이가 빠져버린 톨야는 발음을 제대로 할 수가 없다. 종이에 빼곡히 적은 투박한 사랑의 인사를 대신 읽어주는 동료. 수화기 너머 톨야의 아내는 울고 있다.

통화를 끝낸 후, 다른 인부들 모두 작업장으로 가는 차에 올라탔는데 아무래도 뭔가 마음에 걸리는지 다시 공중전화로 가는 톨야. 아내에게 말을 하는 대신 집에서 키우는 고양이의 울음소리를 열심히 흉내 낸다. 한참 동안 고양이 울음소리를 듣던 아내는 마침내 행복한 웃음을 터뜨린다. "당신이군요! 아아, 바보 같은 내 고양이!”

언젠가 가족영화제서 본 이스라엘 단편영화 〈톨야〉. 너무도 진지하게 고양이 울음소리를 흉내 내던 그. 아내의 웃음소리를 듣고서야 환한 얼굴로 작업장을 향해 달려가던 그의 모습이 오래도록 기억에 남아 있다. 사람의 진심은 때로 그렇게 고양이 울음소리로도 전달된다. 사랑한다는 건 둘만의 추억과 언어가 생긴다는 뜻이기 때문이다.

몇 달째 임시 보호 중인 우리 집의 고양이도 울음소리가 특이한 편인데, 이제 6개월된 녀석이 아무리 들어도 ‘야옹’과는 거리가 먼 발음을 하고 있다. 때로는 까마귀처럼 ‘까우~’ 하기도 하고 때로는 강아지처럼 ‘왕~’ 하기도 한다. 녀석의 울음소리, 내가 녀석과 대화하는 방법, 지금 누군가와 일상을 공유하게 된다면 둘만이 알게 될 것들이 참 많다. 마찬가지로 짐 자무시의 영화에서처럼 ‘청소한다’는 말을 ‘악어 목을 조른다’고 표현한들 서로만 알아들을 수 있다면 무슨 상관이 있겠는가. 함께하는 이들의 울타리는 그들만의 추억과 언어로 그렇게 단단해져갈 것이다.

헤어짐이 힘든 이유도 어쩌면 그래서일지 모르겠다. 보이고 들리는 많은 것들에 갇히게 되기 때문이다. 그가 좋아하던 노래가 광고음악으로 쓰인 화장품 진열대만 스쳐 지나도 가슴이 덜컹 내려앉고, 첫눈이 내리면 둘만의 그곳으로 뛰어가야 할 것만 같은, 스노볼처럼 아름답지만 굴절된 추억 속에 갇혀 보내야 하는 혼자만의 긴긴 시간.

마음에 남아 있는 단편영화 중에 대사 한마디 없는 〈인사이드 아웃〉이란 소품이 있다. 설문 조사를 직업으로 가진 한 남자. 길거리에서 행인들을 붙잡고 갖은 방법을 써 봐도 그들의 발걸음을 멈추기란 쉬운 일이 아니다. 상점 안에서 그 안쓰럽고도 우스꽝스런 모습을 지켜보며 일하던 여성 디스플레이어. 둘의 눈길이 마주치고, 느낌이 오가고, 남자는 그녀를 즐겁게 해주기 위해 유리창 밖에서 채플린 식의 유쾌한 퍼포먼스를 펼치며 일한다.

더할 것도 뺄 것도 없는 '일상'을 사는 사람들. 생존을 위해 고군분투하는 그 일상이 누군가를 웃음 짓게 하는 선물로 변화하는 눈물겨운 풍경. 어떤 현실 속에서도 자신의 삶을 살아내며 서로의 영혼을 풍요롭게 하는 이들. 어쩌면 그들이야말로 삶을 아는 사람들인지도 모르겠다.

따뜻한 사람과 함께할 그런 일상이면 충분했는데, 무엇을 더 욕심내다 외로워진 것일까. 타고난 게으름과 우울함이 부질없는 욕망에서 나를 보호해주리라 믿었는데, 어쩌면 나 역시 세상의 기준과 목표를 좇아 진정 남겨야 했던 것들을 지나친 건 아닌지.

당신을 보지 못하고 지나쳤다면 그건 나의 잘못이다. 무심한 세상, 귀히 여길 것들을 분간하지 못한 나의 잘못이다. 그러나 이런 내가, 마지막 내가 아니라는 것만은 알아주기를. 나의 외피가 내게 속한 것들 중 가장 부질없는 것임을 아는 당신. 나의 살과 나의 영혼을 모두 알아보는 당신. 그런 당신.

인생의 어느 한순간

TV화면엔 볼륨을 끈 야구 중계, 오디오에선 음악. 그리고 나는 밥을 먹거나 책을 읽는다. 프로야구 시즌 중에 종종 펼쳐지는 내 방의 풍경인데, 듣고 있는 음악과 중계 화면 사이에서 묘하게 실험적인 분위기가 빚어질 때가 있다. 바로 지금처럼. 영화 〈디 아워즈〉 사운드트랙에서 필립 글래스의 음악이 흐르는 가운데, TV에선 야구선수들이 뒤엉켜 벤치 클리어링을 벌이고 있다. 오늘은 어린이날인데 말이다. 가득 들어찬 관중과 휴일의 유쾌한 공기, 절제된 미니멀리즘 음악과 폭력의 아수라장, 기묘한 풍경이다.

테이블에 간단한 식사를 차리면서 영화 〈디 아워즈〉를 다시 생각했다. 버지니아 울프와 그녀의 책 〈댈러웨이 부인〉을 소재로 인물들의 일상과 심리를 섬세하게 교차시킨 영화. 마이클 커닝햄의 원작 〈세월〉 역시 시간이 주인공이었지만, 영화를 보며 내 기억에 깊이 남은 건 '그들의 어느 한순간'이었다. 식사 준비를 하다가, 남편의 생일 케이크를 만들다가, 갑자기 모든 것에서 떠나버리고 싶어진 순간. 물론 그녀는 런던 행 기차표를 다시 품안에 넣었고, 또 다른 그녀 역시 이내 가족들의 곁으로 돌아갔지만. 잠시의 충동이든 실존적 자각이든 무엇이든 간에 사람에겐 언제고 그런 순간이 닥칠 수 있다.

어느 순간. 그로부터 삶은 더 이상 이전의 삶이 아니다. 더러는 위험한 강을 헤엄쳐 전혀 다른 삶의 어귀에 도달하고, 더러는 잠시의 일탈을 거쳐 가슴에 불씨 하나를 간직한 채 돌아들 온다. 영화나 문학작품 속에서 평범한 개인의 삶을 뒤흔드는 일탈의 가장 흔한 예는 아마도 불륜이 아닐까. 관습으로부터의 탈출을 겸한 〈마담 보바리〉나 〈안나 까레니나〉 같은 고전들이 있었고, 셀 수 없이 많은 작품들에서 그와 그녀의 파국을 지켜볼 수가 있었다.

공항에서 서로를 스쳐가며 멈칫하던 그 순간. 이재용 감독의 영화 〈정사〉에서 동생의 약혼자와 금기의 사랑에 빠진 주부 서현에게도 그 순간은 삶을 완전히 바꾼 계기가 되어버렸다. 스스로가 그토록 살뜰히 가꾸어놓은 집에서 남편에게 남긴 마지막 말. "미안해요. 이 집을 떠나겠어요." 일생 처음으로 찾아온 사랑을 경험한 후, 서현은 더 이상 예전처럼 살 수 없음을 깨닫는다. 흑백의 배경 위에 걸려 있던 일상의 옷 한 벌. 그렇게 평화롭게 한세상 살 수 있을 것 같던 확신이 무너지고, 삶은 다시 채워야 할 여백으로 변화한다. 남자가 그토록 꿈꾸던 브라질 리우의 호숫가에서 두 사람이 함께 할 수 있을 것인가 아닌가는 더 이상 중요하지 않다. 어느 순간 다시금 자기 자신을 찾아 나서게 한 계기로 이 사랑을 바라본다면 너무 무책임한가. 그런가.

그 순간은 때로 어떤 종류의 매혹일 것이다. 〈나쁜 피〉의 레오 까락스 감독은 로베르 브레송의 영화 〈불로뉴 숲의 여인들〉을 보고 인생이 완전히 바뀌었다지. 대화를 중단하고 언어를 버리고 침묵과 사색의 세계에 침잠하다 장편 데뷔작으로 깐느 감독상을 수상했다. 〈오페라의 유령〉의 앤드류 로이드 웨버 역시 친척의 손에 이끌려 뮤지컬 〈마이 페어 레이디〉를 보지 않았더라면, 소년시절의 꿈처럼 유적지를 답사하는 역사학자가 되었을지 모른다. 그런 특별한 계기나 준비된 재능이 없다 해도, 어느 날 일상 속에서 문득 이전과는 다른 삶이 시작되기도 할 테지만.

꼭 요란한 사건만이 인생의 방향을 바꾸는 결정적 순간이 되는 건 아니다. 실제로 운명이 결정되는 드라마틱한 순간은 믿을 수 없을 만큼 사소할 수 있다.

〈리스본행 야간열차〉의 주인공 레이먼드로 하여금 60 평생 처음으로 삶의 궤도를 이탈하게 만든 건 〈언어의 연금술사〉의 한 구절이다. 의도치 않게 손에 쥐어진 책 한 권과 열차표 한 장. 레이먼드는 그 순간 모든 것을 뒤로하고 길을 떠났다. 운명의 순간. 떠난 후의 결과가 아니라 어쩌면 떠나기로 한 그 순간이 그의 삶 속에서 가장 빛나는 순간이었을지도 모르겠다.

삶이 뜻밖의 어느 순간에 활짝 피어났던 그런 완벽한 시간이 있었던 기억. 위로 삼을 것이라고는 그것밖에 없었다.

영화 〈디 아워스〉의 원작 〈세월〉의 한 구절이다. 인생의 어느 한순간. 그 순간과 마주하는 것이 삶 속의 가장 완벽하고 아름다운 시간이 된다면 얼마나 좋을까. 습관적이던 삶을 변화시켜 진정한 자아를 마주하게 되거나, 자신에게 가장 소중한 것이 무엇이었는지를 깨닫게 되거나, 혹은 잠시라 할지라도 반복적인 일상에 설렘과 질문을 던지게 되는. 영원일 수도 있고, 하루일 수도 있는, 그런 아름다운 시간.

시간이 흘렀다는 걸 몰랐어

제주도 들판에 홀로 서 있는 꿈을 꾸었다. 한림의 시골길을 달려 한참을 들어간 어느 곳, 내 아버지의 고향 마을이 있을 것이다. 그리고 나는, 세상의 가장자리에 조용히 서서 호기심 가득한 표정으로 그 안을 들여다보고 있던 어린 시절의 나를 본다.

집 앞 우물과 돌담 사이사이 지천이던 연초록의 뱀들조차 추억의 벗으로 기억되는 곳. 넓은 유채꽃 들판 가운데 끝도 없이 이어져 있던 돌담길. 오빠와 함께 그 돌담 사이 벌집을 찾아다니던 작은 여자아이는 이제 서울이란 도시의 미로 속에서 별 신통치 않은 실타래 하나 움켜쥐고 대지를 동경하며 살고 있다. 너무 바삐 나를 지나쳐버린 생의 본능.

나의 인생은 아직 시작도 안 했다고 믿었는데, 시간이 흘러 있었다. 점점 더 빨리, 점점 더 속절없이, 무엇을 기다리는지도 모른 채 그 무엇을 기다리며 시간은 계속 흘러간다. 그리고 더 오랜 시간이 흐른 뒤 운명이 바로 옆에 있음을 느끼는 어느 순간, 갑자기 분주해지다 이윽고 적막 속으로 빠져들겠지.

플로베르의 소설 〈감정교육〉 속 주인공 모로는 스스로 아무런 보람도 없이 젊음을 보냈다고 생각한다. 사랑하던 여인이 곁에 오려하자 오히려 두려움에 거부하고, 친구와 함께 그동안의 삶을 정리하며 자신들의 실패를 인정한다. 사랑을 쫓은 남자, 권력을 쫓은 남자, 둘 다 실패였다. 마주앉은 두 친구는 그 이유를 이렇게 분석했다. '너무 이론적이었거나, 너무 감정적이었거나, 우연과 환경, 우리의 시대에도 죄가 있다.'

그러나 어쩌면 어느 시대, 어떤 사람이든 마찬가지일 것이다. 늙어간다는 건, 무언가를 욕망하며 살아온 모든 이들의 젊음을 좌절시키는 것이니까. 소설 속 표현처럼 '달콤한 즐거움이 넘치고' '감정과 환경이 조화를 이루었던' 그런 빛나는 순간이 있었다는 사실로도 시간 앞에 선 인간의 무력감을 완전히 위로받기는 힘들다.

빔 벤더스의 평범한 영화를 보았다. 〈돈 컴 노킹 Don't Come Knockin'〉.

"몰랐어. 시간이 흘렀다는 걸 몰랐어…."

젊은 날을 탕진한 한물간 배우가 존재조차 모르던 아들을 만나 그의 원망과 탄식 앞에서 하던 말. 그가 한순간 사랑하고 잊어버린 여자는 그 자리에 머물러 생명을 키워냈고, 시간뿐 아니라 스스로의 본성까지 잊은 채 방황하던 그는 뒤늦게 망각의 강을 거슬러 생의 흔적을 찾으려 한다.

하지만 그들도 알고 우리도 안다. 그녀가 일생 참았던 울음으로 그의 품안에 쓰러지지 않을 것을. 그가 결국은 삶에의 반추 끝에 또다시 길을 떠나리라는 것을. 생이란 그런 것이다. 머물지 못해 슬프고, 머물러 고독하고, 바람 속 먼지처럼 내가 내게서 서서히 실종되어가는 것.

시들어가는 길 한없이 지루하고, 찰나의 어긋남은 반복된다. 그래도 살아야 할 이유를, 당신이 내게 와 말해 달라. 생의 불꽃이 꺼져갈 때, 나의 몸과 기억이 더 이상 나의 것이 아니고, 인간으로 태어난 모든 서글픔과 비애가 서서히 임계점에 다다르는 풍경에 관한. 그럼에도 불구하고 끝내 곁에 남은 한 사람으로 인해 치매환자 안느가 '인생은 길고, 또 아름답다'고 말하던. 그 영화의 제목은 〈아무르 Amour〉, 사랑이었다.

모든 이별의 단 한 가지 이유

시네큐브에서 〈행복한 엠마, 행복한 돼지, 그리고 남자〉를 보았다. 극장을 나와 아무 말 없이 함께 거리를 걷던 그가 한참 만에 입을 연다.

"저런 여자가… 있을까?"

하고 싶은 말을 묻어두고 나는 이렇게 대답했다.

"있겠죠, 어딘가에. 이 도시 아닌 어딘가에…"

정말로 사랑을 하는 이들에게는 생각보다 어려운 선택이 아니겠지만, 그에겐 그런 말을 할 이유가 없었으니까.

한 번도 사랑이란 걸 해본 적이 없고, 누군가와 함께 걸으며 배려할 생각을 해본 적이 없어 몹시도 걸음이 빠르다는, 그 버릇이 평생 고쳐지지 않는다는 그의 뒷모습이 오늘따라 무척 쓸쓸해 보였다.

죽음에 가까이 다가선 남자와 충만한 대지의 에너지를 가진 여자. 죽음보다 견디기 힘든 '죽음에 대한 공포' 속에서 그래도 사랑하고 욕망하던 남자는 결국 사랑하는 이의 손에 의해 자연으로 돌아간다.

"좀 전에 죽음의 신과 거래를 했어. 당신과 한 번 더 자는 것과 나에게 남은 얼마간의 시간을 바꾸기로."

엠마는 두말없이 옷을 벗는다. 가슴 시린 그의 마지막. 홀로 남겨진 그녀.

엠마는 그 후로도 행복한 돼지들과 평화롭게 한세상을 살아갔겠지. 자연과 하나된 그런 존재가 아니더라도, 누군가와 함께한 사랑만으로 남은 삶이 충분히 지탱될 수 있는 사람도 있다. 어떤 변명을 갖다 붙여 봐도 세상 모든 이별의 이유는 단 한 가지. '당신 없이도 살 수 있음.' 살 수 없으면 이별도 없는 것. 죽음이 갈라놓는 사랑은 그래서 차라리 아름다운 것이다.

풍요와 불멸이 보장된 미래세계를 거부하고 사랑하는 여인을 찾아 죽음이 예정된 과거로의 귀환을 택하는 크리스 마르케의 영화 〈방파제〉의 주인공처럼. 믿음이라 함은, 사랑이라 함은, 어떤 절체절명의 순간에도 서로 잡은 손을 놓지 않는 것. 어떤 현실 속에서도 당장의 평안을 찾아가지 않고, 그럴듯한 명분을 찾아가지 않고, 진창을 구르고 굴러 끝끝내 함께 살아남는 것.

이 나이에도 여전히 사랑을 믿고, 사랑의 그 불가사의한 힘을 믿는다. 유한한 삶. 두려운 것은 오직 무엇에도 존재를 걸어보지 못하고 죽는 것뿐. 당신에게 걸겠다. 그 사랑에는 나의 삶과 이 세상에 대한 최대치의 의지와 모든 실천들이 포함된다. 당신은 어디에 있나?

삶의 시험을 통과한 사람들

미국 작가 다이안 아버스의 사진들을 오래 들여다보고 있으면, 정신이 더할 수 없이 고요해지는 순간이 있다. 여러 기형인들의 모습이 담긴 그녀의 사진들. 즉물적인 연민을 걷어내고 가만히 응시하고 있노라면, 일상 속에서 그저 하나의 온전한 존재인 그가 마음 속에 다가오는 것이다.

한 인터뷰에서 왜 기형인들에게 그토록 관심을 갖고 열중하느냐는 물음에 아버스가 이런 대답을 했다.

"대부분의 사람들은 일생을 통해 외상에 대한 불안을 끊임없이 안고 살아간다. 그러나 기형인들은 외상과 함께 태어난다. 그들은 이미 삶의 시험을 통과한 사람들인 것이다."

삶의 시험을 통과한 사람들… 그런 그들이 나름의 존엄을 유지하며 살아가기엔 이 세상이 너무도 이상한 곳이지. 나는 시각적인 것에 별로 민감하지 않은 편이다. 어릴 적 시골에서 자라며 외상이나 기형을 가진 이들을 종종 접했는데, 노력을 해서가 아니라 그저 그들을 자연스럽게 받아들이는 것이 전혀 어렵지 않았다. 인간이 가진 모든 감각 중에서 어쩌면 시각이 가장 오류와 함정이 많은 감각일 것이다.

감탄할 만큼 잘생긴 남자를 가끔 만나도 역시 큰 감흥을 느끼지 못한다. 어떻단 말인가? 시간의 흐름에 따라 퇴색할 것들은 내 삶에 그다지 흥미로운 대상이 아니다. 어떤 남자가 내가 정말 좋아하는 색의 목도리를 두르고 있다든가, 어울리지 않는 장소에서 물리학 책을 읽거나 오지 오스본의 노래를 흥얼거리고 있다든가, 뭐 그런 경우라면 모를까.

드라큐라 시리즈의 원조, 토드 브라우닝 감독. 그의 영화 〈프릭스〉가 아마 세계 영화사에서 기형인들이 가장 대규모로 등장한 작품일 것이다. 아름다운 곡예사 여인을 진심으로 사랑한 난쟁이. 여인은 오로지 유산을 노리고 그와 결혼해 독살하려 하고, 결국 그녀는 결혼식장에서 그녀에게 모욕당했던 기형인 친구들의 잔인한 복수로 다리가 없고 눈이 먼 채 흡사 닭의 모습으로 축제의 구경거리가 되어 살아간다. 인상적인 앵글과 음영. 공포스럽고 뻔하면서도 기묘하게 아름다웠던 그 영화.

"내겐 일분일초가 행복이에요. 내 인생은 충만해요. 나를 사랑해준 사람들이 있으니까요. 새로 태어나는 기분이에요."

영화 〈엘리펀트 맨〉의 기형인 존 메릭이 그토록 잔인한 인간들의 횡포에 죽어가면서도 고귀한 심성을 잃지 않는 그 장면은, 그러나 우리에겐 감동보다 탄식이 앞서는 순간이다.

그들을 아프게 하지 말라. 그들은 삶의 시험을 통과한 사람들이다.

내 인생의 체리의 맛

현실의 무게와 가족과의 불화로 괴로워하던 남자.
결국 죽을 결심을 하고 밧줄을 매러 체리나무 위로 올라가다.
밧줄을 매려다 주렁주렁 매달린 체리를 무심코 입에 넣은 남자.
그 맛이 너무도 다디단 것이었다.
하나 둘 먹다보니 어느새 먼동이 터오고 온 세상이 환해졌다.
등교하는 자기 아이들에게 체리를 따서 던져주니 아이들이 행복해하며 학교로 향했다.
체리를 한 아름 안고 집에 들어선 그를 보고 아내가 미소 지었다.
그런 그녀의 모습을 보고 그가 미소 지었다.
모두 버리고 떠나려 했는데, 돌아오니 모두 행복했다.

이란 영화 〈체리 향기〉에 잠시 등장하는 대목이다. 삶의 낭떠러지 앞에서 휘청대는 발목을 잡아준 체리의 맛.

도무지 어떻게 살아야 할지, 모든 것이 막막해지는 순간이 있다. 얼마나 많은 일들이 있었는지. 또 얼마나 두렵고 불안했었는지. 어느 시기, 삶은 한 걸음을 내딛어도 기어이 우리를 넘어지게 했다. 그러고도 아직 더 많은 것들로부터 기만당할 충분한 시간이 남아 있다니… 모든 것을 놓아버리고 싶은 그때, 무언가가 우리를 붙잡는다.

"당신은 지금 부적절한 일을 하려는 것처럼 보이는군요."

때로 그것은 누군가의 말 한마디일 수 있다. 불행한 삶을 살아온 여인이 세느강 난간에서 몸을 던지기 직전 들려온 그 목소리. 영화 〈걸 온 더 브릿지〉의 여인은 결국 그렇게 말을 건넨 서커스 단원과 칼 던지기 쇼를 하며 새로운 인생을 시작한다.

청춘을 걸었던 모든 것을 잃은 후, 그 폐허 위에서 또다시 삶을 시작하는 〈클린〉의 장만옥에게 그것은 가족이었으며, 〈킬 빌〉이나 〈레버넌트〉의 주인공처럼 복수이거나 삶에 대한 투쟁심일 수도 있다. 그리고 어쩌면 더 많은 경우, 체리의 맛이란 그저 하루를 견디게 하는 일상의 모든 부분들일 것이다. 오늘, 네덜란드에서 주문한 지 4개월 만에 받아든 음반 한 장으로 내가 하루치의 우울을 잊은 것처럼 〈베로니카, 죽기로 결심하다〉의 베로니카는 별빛 쏟아지는 밤, 피아노를 치다 문득 삶의 비밀을 발견한다. 사소하지만, 그래서 더욱 소중하고 놓치기 싫은 일상.

아직 아무것도 끝내지 않은 당신. 어딘가에 기대어 일생을 위로받을 꿈은 꾸어본 적도 없는 것처럼, 당신은 다만 하룻밤을 울지 않는 것부터 시작했을 것이다. 그렇게 견디고, 견디고, 견디고, 견디고… 그러다 어느 순간 거의 승산 없어 보이던 인생과의 한 싸움에서 마침내 승리한 자신의 모습을 발견하고 흐느끼기도 하겠지. 체리 한줌의 달콤함이란 결국 아직은 삶을 놓지 않은, 놓을 수 없는 당신의 아름다운 의지에 다름 아니었다.

슬픈 폭력의 시대

오래전 겨울, 종로의 한 극장에서 본 〈소나티네〉. 사회 주류에서 밀려난 이들이 폭력에 동화되고 희생되어가는 그 과정에 고통스러워했던 기억이 아직도 남아 있다. 폭력과 죽음에 관한 영화. 철저하게 소외된 이들에 대한 동정 없는 시선. 비루하기 짝이 없는 인간군상을 서늘하게 그리면서도 결코 예상치 못한 웃음의 페이소스를 곳곳에 깔아놓았다. 야쿠자의 총질에 죽어나가는 사람들. 총구의 포화가 식은 뒤에도 카메라는 뻣뻣하게 고정되어 있다. 감독도 아니 그들 스스로도 서로의 삶과 죽음을 동정하지 않고, 주인공은 자기의 머리에 총을 들이대고 건조하기 이를 데 없이 삶을 마감한다.

야쿠자 내의 한 조직이 내부의 배신으로 와해되고, 살아남은 조직의 보스(기타노 다케시)가 복수극을 벌이는 내용이 영화의 기둥

줄거리다. 그러나 영화는 핏빛 선연한 죽음의 이미지와 폭력을 그려나가는 방식에 집중한다. 너무도 건조해서 오히려 처연하고, 그 처연한 분위기 속에서도 군데군데 포복절도할 웃음이 터진다.

기타노 다케시의 다른 영화 〈하나비〉에서 한 폭의 동양화처럼 아름다운 바닷가가 배경으로 나왔었는데, 〈소나티네〉에서도 역시 바다가 전체 이미지에 결정적인 역할을 한다. 바다를 배경으로 야쿠자들이 천진난만하게 노는 모습은 사회에서 소외되기 이전, 돌아갈 품이 있을 것을 믿었던 순수의 시절을 떠올리게 한다. 히브리어에서 바다는 '영혼의 치유'라는 뜻이라던가. 그 바다에서 숱한 이들의 영혼이 치유되고 힘을 얻었을 테지만, 저마다의 사연으로 끝내 스러져버린 가련한 영혼들이 또한 그곳에 숱하게 잠들었을 것이다.

주인공에게도 한 여자가 있었다. 남편을 죽인 인연으로 만나 서로 감정 표현 한마디 없이 그저 낚시를 함께하고 사람 죽이는 얘기나 나누던 여자. 복수하러 가는 주인공에게 여자가 묻는다.

"돌아올 거예요?"
"어쩌면... 왜, 기다리려고?"
"어쩌면요."

묘하게도 가슴에 큰 울림이 남았다. 사랑하는 방식을 모르는 사람들. 서로 간에 따뜻한 눈길 한 번, 말 한마디가 불가능한 막장 인생들이지만, 결국 여자는 언덕 아래에서 남자를 기다린다. 언덕을 오르면 되는데, 저 언덕을 올라가면 누군가가 자신을 기다리고 있는데, 그리고 어쩌면 무언가를 다시 시작할 수 있을지도 모르는데… 복수를 끝낸 남자는 여자가 기다리는 언덕 반대편에서 자신의 머리에 총구를 들이민다. 가슴이 저려와 나는 울었다. 내가 지쳐 쓰러진 이곳. 저 너머에 당신이 기다리고 있음을 알았더라면, 피투성이 육신을 끌고서라도, 기어서라도 저 언덕을 넘었을 텐데.

〈파이트 클럽〉의 감흥이 가시기도 전, 바로 다음해에 개봉한 이 건조한 영화 앞에서 한동안을 멍하게 보냈다. 〈소나티네〉의 폭력은 그저 현실의 한 부분이며, 그에서 받은 느낌은 무엇보다 '슬픈' 것이었다. 이 거대한 소비사회, 억눌린 자아의 해방구. 소외와 폭력은 그렇게 끝없이 순환된다. 누구도 승자가 될 수 없는, 슬픈 폭력의 시대에 살고 있다.

희망은 여전히 유효한가?

때때로 사람들과 또 그들의 삶에 경외감과 애틋한 정을 느끼곤 한다. 인생의 고비 고비들을 지나오며 그때마다 지나치게 힘겨워한 탓일까. 저마다의 상처를 추스르며 지금의 저 모습으로 살아가고 있겠구나 생각하면, 누구 하나 대수로워 보이지가 않는 것이다.

어느 오후, 버스 정류장에 앉아 있다가 그만 눈물을 흘리고 말았다. 오가는 사람들을 바라보며 문득 이런 생각이 드는 것이었다. '저 사람들도 나름의 절절한 사연들을 안고 한 번쯤 아파했을까. 그리고 지금 저런 평안한 얼굴들로 살아가고 있는 걸까.' 무언가가 울컥 하고 가슴에 와 박혔다.

사람에겐 언젠가 사랑보다 연민이 더 큰 힘이 되는 날이 온다. 많은 일들을 겪고, 꼭 그만큼의 절망으로 세상에 등돌리고 또 화해

하며, 끝내 놓아버리지 못한 작은 희망 속에서 한세상 살다 어느 순간, 서로가 서로에게 보내는 위로와 연민의 눈길을 깨닫게 되는 날이 오리니. 랭보가 약관의 나이에 이미 깨달아버린 진실. 상처 없는 영혼이 어디 있으랴.

미국 남부의 시골 마을 길리어드를 배경으로 한 영화 〈스핏파이어 그릴〉. 어릴 적부터 자신을 폭행한 계부를 살해하고 5년의 수감생활 후 출소한 퍼시가 길리어드로 찾아들면서 조용했던 마을은 동요하기 시작한다. 변화를 두려워하고 낯선 이를 경계하는 작은 공동체의 사람들. 퍼시가 '스핏파이어 그릴'이라는 식당에 정착하면서 그곳을 둘러싼 사람들의 사연이 조금씩 드러난다.

식당의 주인 한나에게는 베트남전에 참전했다 그 후유증으로 산속에 숨어사는 아들이 있다. 깐깐하고 폐쇄적인 성격 속에 깊은 상처가 감춰져 있었던 것이다. 한나의 조카며느리 셀비는 권위적인 남편의 그늘에서 늘 무시당하며 살아가는 여인이다. 이들과 퍼시가 만나 의심과 경계를 극복하고 조금씩 마음의 문을 열어가며 삶을 변화시키는 과정이 따뜻하게 펼쳐진다.

〈가을의 전설〉의 음악감독 제임스 호너가 음악을 맡았는데, 이 영화에서도 역시 유려한 관현악을 주조로 길리어드의 멋진 풍광을 묘사하는 데 모자람 없는 음악을 선보였다. 고음으로 날렵하게 지저귀는 관악, 켈틱 풍의 민속적 리듬, 익숙하지만 여전히 아름답게 들리는 풍부한 오케스트레이션은 마을을 둘러싼 대자연과 훈훈한 스토리를 무리 없이 담아낸다.

퍼시는 아무런 감동 없는 평범한 것들에서 특별함을 끌어낼 줄 아는 능력을 가지고 있다. 사람들 모두가 그저 익숙한 공간으로 지겨워하던 마을이 퍼시를 통해 '미국에서 수정 화강암이 가장 많은' 곳이며 인디언 전설에서 '너무 아름다워 신들도 하늘을 떠나 내려온' 곳으로 변화한다. 세상의 잣대로 보아 삶에서 허락된 것들은 지극히 적으나, 오히려 그 속에서 빛나는 것들을 찾아내고 다른 이들을 돌아볼 줄 아는 풍요로운 영혼을 가진 사람들. 그런 이들과 맞닥뜨릴 때 종종 부끄러움을 느끼곤 한다.

퍼시로 인해 마을 사람들은 마음으로부터 이방인을 받아들이는 방법과 사람에 대한 편견을 경계하는 법을 배우고, 산속에 숨어 살던 한나의 아들은 다시 세상으로 내려온다. 〈스핏파이어 그릴〉은 상처를 껴안고 살아가는 사람들에 대한 이야기다. 그 상처들은 결국 똑같이 상처 속에 살던 한 사람의 삶과 죽음으로 기적같이 치유된다.

이런 식의 순진한 휴먼 드라마가 우리 시대에 아직도 유효할 수 있는가? 우리가 살고 있는 지금의 세상은 몇 백, 아니 몇 천 명의 퍼시로도 길리어드 마을과 같이 평화롭게 되지는 않을 것이다. 그러나 손가락질 받던 이방인이 가족이 되고, 늘 보아오던 지루한 풍경이 지상에서 가장 아름다운 자연으로 변화할 때, 믿고 싶어진다. 우리에겐 아직 희망을 이야기할 수 있는 여력이 있음을. 이 위험한 인생의 어느 귀퉁이에서도 끝내 포기하지 못할 어떤 것들이 있음을.

그녀 혹은 그. 오랜 시간 슬프고 막막했다. 조용히 삶을 반추해 보면, 세상으로부터 자신을 지켜줄 작은 방주 하나 가져보지 못하고 끊임없이 아파했던 긴 시간이 있다. 그 생채기와, 앞으로 겪어야 할 많은 것들이 여전히 존재한다.

하지만 그는 이제 이렇게도 말할 수 있다. 다 잊을 순 없다 하더라도 행복하게 살아갈 날 없진 않으리라고. 그 모든 아픔에도 불구하고 살아가기를, 또 사랑하기를 멈추지 않았던 아름다운 삶의 순간들이 모든 것에 앞서 다가올 수 있음을 또한 그는 안다. 길리어드 마을의 밑동만 남은 흉한 그루터기에서 몰래 약초가 자라나고 있었던 것처럼, 당신과 나의 삶도 그러할지 모른다. 천천히, 조심스럽게 희망을 이야기해보자. 상처 없는 영혼 그 어디에도 없으니.

소외된 이들의 연가

눈 덮인 설원. 그 속으로 일생의 연인 라라를 떠나보내고, 멀어져 가는 그녀의 모습을 조금이라도 더 보기 위해 성애가 끼어 있는 창문을 깨던 지바고의 모습을 기억하는가. '지방의 경계에 있는 긴 터널을 빠져나가자, 설국이었다. 밤의 밑바닥이 하얘진 듯했다.' 가와바타 야스나리의 소설 〈설국〉은 이렇게 시작한다. 못다 한 사랑의 기억. 말하자면 영화 〈가위손〉에서의 눈은 이것이다.

어느 작은 마을에 눈이 내리게 된 전설. 그 전설의 주인공 에드워드가 사랑했던 여인 킴이 늙고 주름진 얼굴로 손녀에게 이야기를 들려준다. 한 발명가에 의해 미완으로 남겨진, 가위손을 가진 인조인간 에드워드에 대한 이야기다.

화장품 외판원 팩은 어느 날 우연히 마을 끝에 있는 성에 들어

갔다 에드워드를 발견한다. 자신을 완성하지 못하고 죽은 발명가 때문에 가위손을 한 채 성에서 홀로 살고 있던 에드워드. 팩이 그를 집으로 데려오면서 조용했던 마을은 시끄러워진다.

가위손을 정원수 다듬기나 머리 손질에 이용하면서 마을 사람들에게 받아들여진 에드워드는 매스컴의 유명세까지 타게 된다. 그러나 그가 팩의 딸 킴을 사랑하게 되면서 모든 상황은 꼬이기 시작한다. 킴의 남자친구에 의해 에드워드는 결국 갖가지 누명을 뒤집어쓴 채 마을사람들에게 쫓겨 성으로 도망친다. 에드워드와 사랑을 확인한 킴은 사람들로부터 그를 지키기 위해 그가 죽은 것으로 위장하고 애틋한 이별을 하게 되는데…

정원에서 에드워드가 킴을 위해 얼음을 조각하며 날리던 눈. 그 속에서 춤추던 금발의 소녀는 이제 손녀에게 '눈 속에서 춤추는 기쁨을 언젠가 알게 될 것'이라 이야기해주는 할머니가 되어 있다. 한 번도 눈이 내린 적 없었던 마을에 에드워드가 떠난 후부터 눈이 내리기 시작했고, 그 눈을 보며 킴은 쓸쓸히 옛사랑을 떠올린다. 성에서는 아직도 에드워드가 그녀를 생각하며 얼음을 조각하고 있다.

사랑하는 이에게 상처를 줄 수밖에 없는 에드워드의 가위손. 차

마 킴을 껴안지 못하고 사랑의 감정을 억누르며 그녀를 바라보던 에드워드의 눈빛이, 자신과 다른 존재에 대한 세상의 그 모든 편견과 폭력이, 슬프고 또 아팠다.

소외된 존재에 대한 관심과 묘사는 팀 버튼 감독의 영화세계에서 가장 큰 특징 중 하나일 것이다. 팀 버튼 영화의 등장인물들은 대개 중심에서 소외된 존재들이다. 영화사상 최악의 감독으로 평가되는 에드우드가 그렇고, 태어날 때부터 기형으로 부모에게 버림받은 펭귄맨이 그렇다. 어린 시절, 부모가 살해당하는 장면을 목격한 배트맨 역시 어떤 의미에서 사회의 피해자로 자신만의 공간 속에서 살아간다.

〈가위손〉의 에드워드 또한 마찬가지. 인간의 심장과 미완의 손을 가진 그는 정상적인 사람들에게 자연스럽게 받아들여지지 않는 소외계층의 대변자다. 좀 더 생각하면, 다가갈수록 상처를 내기 쉬운 사랑에 대한 비유로도 읽히는 다의적인 캐릭터라 할 수 있겠다. 영화에서 하나같이 천박해 보이는 마을 사람들이 에드워드를 대하는 방식을 따라가 보면 경계, 지나친 관심, 이용, 결국은 편견과 오해로부터 비롯된 적의에 이른다. 그런 점에서, 에드워드를 제일 처음 만나 선뜻 마음을 열고 집으로 데려오는 팩이 외판원이란 설정은 의미심장하다. 마을 공동체의 일원이긴 하지만, 그녀 역시 다른 사람의 집 안으로 쉽게 받아들여지기 힘든, 문 앞에서 번번이 거절당하는 직업을 가진 사람이었던 것이다.

가난한 가족의 저녁 식탁을 물기 어린 눈으로 바라보고, 몰래 땔감을 베어다 쌓아놓던 착한 그. 외로움에 지쳐 친구를 만들어내려 하면서도 자신과 같은 처지의 존재가 또 생겨날 것을 함께 고민하던 여린 심성. 메리 셸리의 소설 〈프랑켄슈타인〉의 괴물이 생각난다. 우리는 결국 잔인하게 사람들을 죽이는 복수의 화신으로 그를 기억하게 되었다.

소외된 존재란 언제 어떤 작품을 통해 보아도 가슴 저리는 구석이 있다. 일생 단 한 번의 사랑을 기억하며 기나긴 세월 홀로 어둠 속에 묻힌 가위손 에드워드. 그의 선의와 순수한 사랑은 세상의 오만과 편견 앞에 설 자리를 잃었다. 과학의 테크놀로지에 소외되는 인간이 아니라 인간 세상의 높은 벽 앞에 소외되는 더 인간적인 사이보그를 그린 이 영화는, 그래서 현대사회에 대한 한층 더 뒤틀린 우화처럼 보이는 것이다.

욕망 속에 길을 잃다

누구나 그런 생각을 할 때가 있다. 내가 나 아닌 누군가일 수는 없는가. 나는 왜 네가 아니고 나인가. 주어진 삶이 고단할수록, 보이는 것이 아름다울수록 욕망은 깊어진다. 영화 〈리플리〉는 자신에게 없는 모든 것을 소유한 타인에 대한 매혹과 그가 되고 싶은 욕망, 초라한 현실을 대체하는 멋진 거짓의 세계 속에서 외롭게 파괴되어가는 한 사람에 대한 이야기다.

호텔의 서비스맨과 피아노 조율사 등으로 일하며 생계를 꾸려가고 있는 리플리. 어두운 지하방의 습기처럼 눅눅하던 그의 삶에 우연한 기회가 찾아온다. 빌려 입은 재킷을 보고 그를 프린스턴대 출신으로 착각한 선박 부호가 자신의 아들을 이탈리아에서 데려와 달라는 부탁과 함께 거액의 대가를 제시하는 것. 이탈리아로 떠난 리플리는 부호의 아들 디키, 그의 연인 마지와 함께 생활하게 되면서 차츰 커져가는 욕망 속에 길을 잃는다. 명문대를 졸업하고, 가고 싶은 곳 어디든 돌아다니며 아름다운 여인과 재즈에 빠져 있는 디키는 리플리에게 선망을 넘어 위험한 동일시의 대상이 된다. 결국 리플리에게 희생되고 마는 디키. 교묘하게 디키의 행세를 하며 그가 가졌던 돈과 명예를 누리는 리플리. 영화는 어떠한 판단도 유보한 채, 또다시 살인을 저지르고 우두커니 앉아 있는 그의 모습을 보여주면서 끝난다.

미국의 뒷골목에서 힘겹게 살아가던 리플리에게 지중해 바닷가의 아름다운 경관은 마음 밑바닥의 욕망을 부추기는 동인이 되었을 것이다. 로마에 도착해 바다를 끼고 도는 버스를 탄 장면에서 꿈결처럼 잔잔하게 퍼지던 선율. 이후 리플리가 디키를 만나면서 찰리 파커와 디지 길레스피, 마일즈 데이비스 등 귀에 익은 모던재즈의 명곡들이 자주 등장한다.

영화 안에서 재즈 음악은 디키의 캐릭터를 표현하는 가장 큰 도구로 쓰였다. 그러고 보면 블루스를 그 뿌리로 하고 있지만 재즈는 블루스와 달리 출발부터 온전하게 소외계층을 대변한 음악은 아니었다. 흑인과 프랑스인의 혼혈로서 정규교육과 문화의 혜택을 받은 크레올인들로부터 시작된 음악답게, 재즈는 흑인의 민속음악에 프랑스 정통 클래식의 영향이 융합되어 생겨난 것이다. 하위문화가 자연스럽게 주류로 편입된 결과라고 할까.
디키가 재즈에 심취해 있는 설정은 나름대로 흥미롭다. 앞서 이야기한 것처럼 재즈가 시작부터 중간계급 이상에게도 함께 수용되긴 했지만, 그렇다고 하더라도 현대에 재즈가 받아들여지고 확산된 경로를 살펴보면 상당 부분 상품화된 이미지에 의한 것임을 알 수 있다. 재즈 카페와 라이브 클럽의 분위기, 광고와 TV 등을 통해 소비되는 끈적이고 감각적인 이미지 등, 이제 재즈는 그 원초적이고 서민적이었던 큰 특징이 가려지고 마니아층의 전유물로 비춰지고 있는 게 아닌가 하는 생각이 종종 드는 것이다. 디키의 경우 역시 그렇다. 리플리는 디키의 계급에 편입하기 위해 열심히 재즈를 듣고 '연구'한다.

문을 열고, 아찔한 경사의 계단을 올라야 겨우 밖으로 나갈 수 있었던 리플리. 나 역시 그런 청춘의 날들이 있었다. 오르고 또 오르고, 두 번 방향을 틀어야 사람들이 사는 지상이었던 나의 방. 창문도 없이 햇살 한 줌 들지 않았던 그 깊은 지하방에서 주말이면 시간을 잊은 채 하루 종일 잠을 자곤 했다. 방문을 조금 열어두고, 지하에서 터지지 않는 휴대폰을 1층 계단에 얹어두고, 벨이 울리면 방에서부터 전속력으로 계단을 뛰어올라가야 겨우 반가운 이들의 목소리에 닿을 수 있었다. 가쁜 숨을 참으며, 때로 눈물을 흘리며 전화 받았던 것을 사랑하는 당신들은 모를 것이다. 그저 숨쉬는 파이프였던 그 시절의 나에게는, 리플리의 그런 위험한 욕망조차도 아직은 살아 있다는 증거로 느껴졌다.

"난 영영 창고에 갇힐 거야. 그 어둡고 무섭고 외로운 곳. 아무도 날 못 찾을 거야."

영화 종반 리플리의 이 대사는, 화려하지만 영원히 자신이 아닌 존재로 남겨질 수밖에 없는 끔찍한 현실을 표현한 것이다. 잠들어 있는 디키의 재킷 냄새를 맡는 리플리. 동경을 넘어 애틋한 연정의 눈길로 변화하는 리플리. 피범벅으로 죽어 있는 디키를 껴안고 배 위에 누워 있는 리플리. 어두운 오페라 극장 안에서 조용히 눈물 흘리는 리플리. 반복되는 살인에 점점 무뎌져 가는 리플리… 그 어느 리플리에게도 선뜻 비난의 눈길을 보내기가 힘든 것은 우리의 삶 역시 쉽지 않았기 때문이다.

한 번이라도 남이 되어 살고 싶은 생각을 해본 사람이라면, 남루한 생활에 지쳐 손닿지 않는 환상으로의 도피를 꿈꾸어본 사람이라면, 무표정하게 앉아 있는 그의 마지막 모습을 보면서 잔잔한 아픔을 느낄 것이다. 그의 대사처럼 초라한 현실보다 멋진 거짓이 나은가? 모범답안을 알고 있지만, 당연히 알고 있지만, 삶은 언제나 진리보다 복잡하다.

불꽃 이내 스러져 재로 남으리니

〈파리, 텍사스〉. 물론 이 영화는 상당히 정치적일 것이다. 제목에서부터 느껴지는 유럽과 미국이라는 대륙의 충돌. 미국에 대한 감독 자신의 동경과 이에 대한 조소를 우회적으로 표현한 영화라고 들었고, 인간의 근원적인 안식처 지향과 현대인의 불안 심리를 그린 영화라고도 느꼈다. 그러나 적어도 그것들이 이 영화를 보며 내가 흘린 눈물과 그 쓸쓸함의 기억을 설명해주지는 못한다. 그때의 나에겐 '그저 사랑 이야기'로 다가온 영화.

사랑을 모르던 시절, 처음 이 영화를 보았다. 틈틈이 자율학습을 빼먹고 바닷가에 앉아 시간을 죽이곤 하던 고교 시절. 훗날 에릭 사티가 악보에 표기해놓은 연주법 중에 '이가 아픈 꾀꼬리같이'라는 문구를 보고, 그때의 나와 같다는 생각을 했다. 이가 아픈 꾀꼬리. 뽑아낼 수 없는, 뽑아낼 정도는 아닌 모호한 통증. 그러면서도 때로 기묘하게 생기 있고 유쾌한 구석마저 있는. 혼자만의 늦은 사춘기를 겪던 그 시절의 내가, 딱 그랬다. 그저 그 쓸쓸해 보이는 포스터에 이끌려 본 영화. 프랑스가 아니라 텍사스에 있다는 미지의 도시 파리를 찾아 4년이란 긴 시간을 방황한 남자. 그곳은 그의 말대로 자신의 부모가 처음으로 사랑을 나누었던 곳, '그가 처음 시작되었던' 곳이다. 도대체 저 남자가 찾는 게 파리인지, 텍사스인지, 그녀인지, 사실은 아무것도 아닌지 그냥 머릿속에서 흘려버렸다.

10여 년이 지난 어느 날, 다시 본 이 영화. 나도 모르게 눈물이 흘렀다. 어렵게 맺어지던 인연. 짧은 행복 뒤에 어느 순간, 미치기 일보직전의 분노와 뒤따라오는 무서운 침묵. 사랑은 영원하지 않다. 서로 간에 한결 쉬워져가는 무례와 거짓말. 그리고 결국 자기 자신을 찾아가는 긴 여행을 다시 떠나야만 하는 것이다.

영화가 시작되면 초췌한 몰골의 주인공 트래비스가 사막을 횡단하고 있다. 끝없이 펼쳐진 사막, 그 사막만큼이나 황량한 라이쿠더의 기타 소리. 슬라이드 기타의 삐걱대는 음색은 일찌감치 협화음의 아름다움을 포기했다. 기억을 상실한 주인공의 심리를 대변하는 불안정한 음률. 동생을 만나 LA로 가게 된 트래비스는 그곳에서 일곱 살이 된 아들과 해후하고, 잊었던 기억들을 서서히 되찾는다. 동생을 만나고서도 말 한마디 없이 굳어 있던 트래비스가 카페에서 아들 이야기를 전해 들으며 처음으로 미소를 띠는 장면, 그리고 서먹했던 아들과 함께 예전에 가족끼리 찍은 8mm 비디오를 보며 부자간의 정을 회복하는 장면 등이 기억에 남는다.

트래비스는 아들과 함께 4년 전 헤어진 아내를 찾아 떠나고, 결국 휴스턴의 한 핍쇼장에서 그녀를 찾아낸다. 서로 이야기를 나누되 밝은 쪽에서는 어두운 쪽의 상대방을 볼 수 없는 핍쇼장. 마주 보며 감정을 공유할 수 없는 사랑과 현실의 슬픈 단면. 이곳에서 트래비스의 입을 통해 그의 모든 과거가 재구성된다.

젊고 아름다운 여자를 만나 불같은 사랑을 했던 트래비스. 그 사랑은 결국 불안이 되고 집착이 되어 그녀를 속박하고, 그로 인해 끊임없이 도망치려 하는 그녀의 곁에서 결국 그는 스스로 지쳐 사랑의 기억을 잃어갔다. 집에 불이 나고 그가 먼 여행길에 오르게 된 그날. 4년 전의 그날을 회상하며 트래비스는 이렇게 말한다. "아내와 아들의 비명 소리에 놀랐지. 그리고 아무 느낌 없는 자신에게 놀랐어. 필요한 건 오로지 잠뿐이었어."

이 영화, 이 장면처럼 사랑의 쓸쓸함이 아프게 다가온 적은 없었다. 불꽃 이내 스러져 재로 남으리니 회한이 깊을 것임을. 그러나 또한 거쳐온 사람은 안다. 저 수많은 인생의 가능성 중에서 가장 실감나게 존재하는, 그 눈물겹게 타오르는 불길. 그 속에 기꺼이 몸을 내던지고 싶어질 때, 한 치의 망설임도 없이 선택하게 된다. 사람들은 그것을 사랑이라 한다.

다시 찾은 아내를 아들에게 보내고, 멀리서 그 모습을 지켜보며 그는 다시 길을 떠난다. 4년 전에 그랬던 것처럼 또다시 '언어나 거리가 없는' 곳으로, 텍사스의 파리를 찾아 먼 여행을 시작하는 것이다. 사랑을, 가족을, 지난 추억을 뒤로하고 그는 과연 어디에 도달했을까. 어쩌면 그는 아직 길 위에 있을 것이다. 침묵하며, 곧게 뻗은 도로가 아닌 사막이나 벌판에 스스로 길을 만들면서 끊임없이 나아가고 있을 것이다. 아무리 소중한 존재들이 있고 추억들이 있다 해도, 삶이란 어차피 혼자 치러내야 하는 자신과의 긴 싸움이 아닌가. 그 싸움을 치러낸 후에야 산화하거나 돌아올 수 있는, 세상에는 그런 종류의 사람들이 있다.

사랑의 찰나성과 불완전함을 경험해버린 사람이라 해도 모두가 냉소적이 될 수 있는 것은 아니다. 많은 것들을 다시 믿고 싶고, 복잡한 생각 없이 사랑하고 싶을 때, 그 길고 쓸쓸했던 길 위에서의 빛나던 한순간을 떠올려본다. 쉬이 비워버릴 수 없는 열정. 슬픔은 슬프도록 끈질긴 믿음 앞에 결국 무너지고, 우리는 친구이자 연인이고 동지이자 스승이며 울타리이자 집인 누군가를 또다시 기다린다.

치유란 언제나 불완전하다. 하여 치유란 결과도 아닐 것이다. 때로 의미 없어 보이는 삶의 과정, 그 속에 깃든 반짝이는 순간들을 한 박자 늦게 깨달아가는 영혼의 더딘 발걸음. 그 길 위에서, 또다시 사랑이다.

아픈 것은 소리를 내지만, 깊은 것은 침묵한다

인간의 두 가지 권리는 모순된 생각과 말을 할 수 있는 권리,
그리고 자살할 수 있는 권리다.

보들레르의 글귀가 머릿속을 지배하던 시기가 있었다. 삶은 습기와 폭염의 절정을 넘어서지 못하고 기어이 무너져 내리기 시작했다. 이럴 때, '죽으려는 마음으로 살아서 무언들 못하랴' 하는 식의 말은 아무런 도움이 되지 않는다. 나보다 더 고단한 삶 속에서도 꿋꿋하게 살아가는 인간 승리의 드라마 또한 마찬가지다.

어느 시인이 인간을 비누거품과 나무책상에 비유했던가. 책상처럼 숱한 칼질에도 상처를 딛고 의연할 수 있는 인간이 있는가 하면, 거품처럼 바늘 한끝에도 존재 자체가 위협받는 인간이 있다. 책상의 생채기들을 내보이며 거품을 비난해본들 무슨 의미가 있겠는가. 내가 겪은 바로 죽음을 생각하는 이에게 가장 도움이 되는 것은 '그때 그것이 그에게 가장 절실한 선택'임을 먼저 인정해주는 것이다. 그 심연의 고통에 공감할 준비가 되어 있지 않다면 차라리 입을 다무는 것이 낫다.

자살이란 때로 다분히 사회적인 문제가 될 수 있다. 개인의 태생적인 한계가 분명 있겠으나, 역사의 고비 고비마다 집단적으로 인간을 비누거품으로 만들고 마는 사회적 요인들이 또한 있었다. 프랑스 사회학자 뒤르켐의 〈자살론〉 이래로 '자살은 언제나 사회적인 문제를 안고 죽음에 이르는 것'이란 카뮈의 말도 있었다. 죽음의 모티브로 이루어져 있는 이 영화, 혹은 이 음악, 〈글루미 선데이〉.

1935년 헝가리에서 만들어진 노래 '글루미 선데이'는 극단적인 자살 센세이션을 불러일으켰다. 레코드 발매 후 8주 만에 헝가리 내에서만 이 곡을 듣고 187명이 자살했고, 36년에 파리에서 열린 레이 벤츄라 오케스트라의 콘서트에서는 이 곡을 연주하는 도중 단원들 모두가 차례로 자살한 전대미문의 사건이 벌어지기도 했다. 작곡자 레조 세레스 역시 후일 그 대열에 합류한다. 동명의 이 영화는 죽음의 송가 '글루미 선데이'의 탄생과 그에 얽힌 네 남녀의 비극, 2차 대전을 앞둔 암울한 시대상 등을 다루고 있다.

부다페스트의 한 레스토랑. 주인인 자보와 매력적인 그의 연인 일로나, 피아니스트 안드라스가 위태로운 애정 관계를 맺고 있다. 일로나가 두 남자를 동시에 사랑하고, 남자들은 그녀를 잃는 것보다 '차라리 반이라도 갖는' 쪽을 택한다. 여기에 일로나를 사랑하는 독일군 장교 한스까지 끼어든다.

안드라스가 일로나를 위해 작곡한 '글루미 선데이'가 레코드업자의 눈에 띄어 발매되면서 점차 자살자들이 생겨나고, 전운이 감도는 사회 분위기는 흉흉하기 이를 데 없다. 독일군들 앞에서 모욕적인 연주를 한 안드라스는 스스로 목숨을 끊고, 유대인이었던 자보 역시 한스의 계략으로 수용소로 끌려가 자살한다. 혼자 살아남아 아이를 낳고 키운 일로나는 60여 년 후 바로 그 레스토랑에서 복수를 감행한다.

〈젊은 베르테르의 슬픔〉이나 〈데미안〉처럼 문학이 사회적으로 자살 신드롬을 일으킨 적이 있었고, 가깝게는 팝스타들의 죽음에 이은 그 같은 일들이 있었다. 그러나 3분 남짓한 노래 한 곡으로 이러한 현상이 벌어진 것을 어떻게 설명해야 하나.

해답은 영화 속에서 찾는 것이 좋을 것 같다. '사람은 자신의 존엄을 지키기 위해 죽음을 택한다'는 자보의 말. 또 한 번의 세계대전을 앞두고 사회 곳곳에서 목도되는 파시즘의 광기 앞에서 인간으로서의 존엄을 지키지 못할 것이 두려워 그 길을 택했을 사람들. 그 위에 '글루미 선데이'의 음울하고 몽환적인 선율이 자리한다. 사회 분위기와 음악이 너무도 절묘하고 비극적으로 맞아떨어져 버렸다고 할까. 앞서 얘기한 식으로 표현하자면, 사회가 그 시대의 사람들을 비누거품으로 만들었고 그 거품들은 '글루미 선데이'란 가녀린 바늘 끝에 한순간에 터져버린 것이다.

영화는 전쟁과 파시즘이라는 사회적 비극과 맞물려 돌아가는 개인사를 담담히 조망하고 있다. 슬프게도, 역사의 청산이나 정당한 단죄조차 금기시되어버린 이 나라에서 일로나의 사적인 복수는 부럽기까지 했다. 두 시간 내내 주제곡 '글루미 선데이'의 여러 가지 버전을 들을 수 있는데, 엔딩에 흐르는 헤더 노바의 재즈 버전이 특히 기억에 남는다.

외로운 일요일을 나는 너무도 많이 보냈다네.
오늘 나는 긴 밤 속으로 길을 떠나려 해.
곧 양초가 타오르고 연기가 눈을 적시겠지.
울지 마, 친구들아, 나는 드디어 홀가분해.

'글루미 선데이'의 가사 앞에서 문득 까뮈의 글귀가 생각났다. '아픈 것은 소리를 내지만, 깊은 것은 침묵한다.' 소리조차 내지 못하고 침묵 속에 잠겨버린 이들. 어쩌면 지금 내 주위에 있을지도 모르는 그들을 알아보는 눈이, 마음이 절실하다. 마음은 천 개의 눈을 가졌다.

절정, 그 후

“말라 있던 나무에 어쩌면 저렇게 아름다운 꽃이 필까… 그죠?”

지난 봄, 집 근처 공원의 벤치에 앉아 눈처럼 흩날리는 벚꽃을 보고 있던 오후였다. 멀리서 유모차에 의지해 한 걸음 한 걸음 다가오신 할머니. 내 옆에 나란히 앉아 함께 벚꽃 눈을 바라보다 이렇게 말을 건네신 것이었다.

순간 무언가 뭉클한 것이 가슴에서 차올랐다. 할머니의 생에 이 아름다운 벚꽃 구경은 몇 번이나 남았을까. 긴 기다림, 그 후의 짧고 찬란한 계절을 보내고 한 잎 한 잎 땅으로 내려앉는 시간. 한 존재에게서 소멸되어가는 삶이 여기저기서 다시 시작을 준비하고, 그는 세상에 내놓았던 표정들을 하나하나 주워 담으며 또 한 번의 벚꽃을 바라보는 것이다.

소녀 같은 미소가 남아 있는 할머니의 모습 앞에서, 몇 년 전 이기 팝의 밴드인 이기 앤 더 스투지스의 공연을 보며 감동에 젖었던 기억이 떠올랐다. 조명이 켜진 순간. 젊은 날 무대 위에서 병을 깨뜨리고 맨몸으로 뒹굴던 악동은 온데간데없고, 일흔을 바라보는 할아버지가 여기저기 살이 늘어진 모습으로 서 있었다. 잠시의 서글픔. 그러나 그는 여전히 이기 팝이었다. 여전히 막춤을 추고, 바지 벨트를 풀고, 반항기 가득한 얼굴로 무대 구석구석을 뛰어다니며 노래하던. 절정이 지났으되, 그 모습이 오히려 더 아름다웠던 사람. 뮤즈와 메탈리카 같은 거대한 밴드들 사이에서 나는 그의 공연을 가장 깊이 마음에 새기고 돌아왔다. 민소매 아래, 열정적인 퍼포먼스에 맞춰 출렁거리던 팔뚝 살이 어쩌면 그렇게도 아름답게 느껴졌는지.

절정, 그 후. 더 이상 삶이 아닐 것 같은 그 시간들이 사실 더 명백히 살아 숨쉬는 자신만의 시간이었음을, 영화 〈버드맨〉의 한물간 할리우드 스타 리건은 알게 된다. 잊혀가는 존재의 절실한 몸부림 앞에 우리는 무심할 수 있는가. 우리 역시 이 순간에도 잊혀가고 있는데. 그는 결국 날아간 것일 수도 있고, 속옷만 걸친 채 기어갔을 수도 있다. 타인의 관심과 사랑 없이도 살아가야만 한다. 날개 없이도 태양을 향해 가야만 한다. 절정 후의 삶이란 어쩌면 그런 것이다.

삶이든 사랑이든 절정 후에 대한 두려움은 종종 비극이 되곤 한다. 정열적으로 사랑하던 연인. 폭우가 몰아치던 어느 날 영원히 사라져버린 여자. 영화 〈사랑한다면 이들처럼〉의 여자가 남긴 편지의 내용은 이랬다.

불행이 오기 전에 갑니다. 당신이 선물한 내 생의 절정에서 떠납니다. 날 잊지 못하도록 지금 떠나는 거예요.

일순간 정지된 인연. 그러나 정말 아름다운 것은 절정 후의 시간까지 사랑하는 것이 아닐까. 쇠락해가면서도 끈기 있게 살아남는, 관계 속의 모든 시간을 사랑하는 것이 아닐까.

영화 〈벨벳 골드마인〉은 70년대 글램 록 스타와 청춘들에 관한 이야기다. 영국 최고의 글램 록 스타 브라이언. 젊음과 반항의 상징으로 떠올라 최고의 인기를 구가하다 피살 자작극이 폭로되면서 역사의 뒤안길로 사라진다. 그 자작극 소동 10주년 기획기사를 맡은 기자 아더가 영화의 화자. 그가 브라이언의 현재를 추적하는 과정 속에 그 시대 청춘들의 꿈과 희망, 좌절의 순간들이 편집되어 있다.

세상을 바꿔보겠다는 패기로 시작해 결국 상업성과 센세이셔널리즘에 매몰되고 말았던 과거가 비단 글램 록에만 있었겠는가. 역사의 어느 지점에서든 순수한 열정을 가지고 세상에 반기를 든 이들이 있었다. 시간이 흐르고, 세상은 전체적으로 보아 크게 달라지지 않고, 그들은 사라진다. 비판받으면서, 혹은 스스로 절망하면서.

꽃의 세력 히피들은 평범한 어른이 되어갔고, 반전과 노동계급의 해방을 외치던 밥 딜런은 '음악으로 세상을 바꿀 수 없음을 알았다' 선언하고 자아의 세계로 침잠했다. 프로그레시브 록의 몸집을 비판하던 펑크 록 역시 문화산업의 시스템 아래 그 사회성이 퇴색되었고, 이제는 아예 어떤 흐름을 가진 세력의 규합 자체가 힘들어지고 있다고 이야기한다.

주도적인 흐름에 반기를 들고 새로운 흐름이 밀려든다. 시간이 흐르고, 그 역시 주류가 되어 또 다른 대항 세력을 부르거나 사라진다. 그렇게 역사는 흘러왔다. 체제 전복적인 에너지로 뭉쳐 거대한 흐름을 형성했거나 개인적 반항으로 끝났거나 간에, 그러한 이들로 인해 세상은 조금씩 나아졌거나 혹은 적어도 문제를 자각하게 되었을 것이다. 중요한 것은 바로 그것이 아닐까. 저항하고 바꾸어야 하는 현실이 존재하는 한, 그 정신은 어떤 모습으로든 면면히 살아남아 새로운 이름으로 나타나고 또 사라질 것이다.

〈벨벳 골드마인〉에서 내 마음에 제일 크게 남은 이는 브라이언도 그의 연인 커트도 아닌 기자 아더였다. 그도 한때 아버지 세대를 거부하며 글램 록 스타들을 동경하고 화장하고 동성애를 경험했지만, 지금은 체제에 편입되어 보수 언론의 평범한 기자생활을 하고 있다. 예술이나 사회적 시도들뿐만이 아니라 개인의 삶 속에도 반항과 좌절, 타협의 아픈 역사가 있기 마련이다. 시간이 흐르고, 더 이상 젊지 않음을 문득 깨닫고, 조금씩 망각의 미덕을 배워가며 현실에서 살아남으려 발버둥치는, 그런 평범한 삶의 궤적에서 더 큰 울림이 느껴진다면 나도 나이가 들어간다는 증거가 될까.

청춘의 반짝이는 메이크업이 지워진 후, 민낯이 드러난 자신의 모습을, 그 나이를 마주하는 것은 결코 쉽지 않은 일이다. 미쳐 있던 모든 것들이 제 모습을 드러낸 후, 그 쓸쓸한 여분의 시간 속에서 그래도 다시 시작하고 사랑할 수 있다면.

"우리는 세상을 바꿔보려고 했어. 하지만 결국 우리가 바뀌고 말았지."

영화 속 커트의 대사가 아프게 와 닿았다. 신념과 열정으로 삶의 한때를 불사른 모든 이들에게 축복 있으라. 그 에너지는 세상

곳곳에 잠복해 있다 언제고 다시 불씨를 지피리니, 꿈은 그렇게 반복되며 이어질 것이다.

같은 공간, 다른 세계

젊은 시절, 정작 용기는 내지 못하면서 아주 멀리로 떠나고 싶다는 막연한 생각을 하곤 했다. 어딘가 낯선 곳으로 가면 불현듯 새로운 에너지가 샘솟아 나 아닌 다른 사람이 될 것만 같은 환상에 사로잡혔던 것이다.

가장 먼저 그곳은 독일이었다. 바흐를 들으며, 횔덜린과 보르헤르트를 읽으며 보낸 청춘. 그러나 모든 것에 앞서 이상하게도 독일어에 알 수 없는 감흥을 느꼈다. 라크리모자나 아트로시티 같은 밴드의 힘 있으면서 음산하게 중얼거리는 그 독일어 발음을 듣고 있노라면, 무언가 영감을 불러일으키는 묘한 상태가 되어버리곤 했다.

클래식기타에 빠져 살았던 시기, 그곳은 스페인이었다. 로르까의 시와 파코 이바네즈의 노래, 가우디의 건물들과 고야의 그림. 거리 악사의 연주를 듣고 왕립음악원을 기웃거리며 클래식기타를 배워보면 어떨까.

그리고 때로는 시베리아를 생각하기도 했다. 이 세상 가장 깊은 호수인 바이칼. 그 근처 작은 마을에서 민물에 사는 바다표범들의 친구가 되어 살아보았으면.

그리고 또 한 곳, 뉴욕이 있었다. 현대미술관(MoMa)에서 마티스와 피카소의 작품을 감상하고, 사진 컬렉션에서 워커 에반스나 자콥 리스의 다큐멘터리 사진들을 만날 수도 있다. '앤솔로지 필름 아카이브'에서 마야 데렌이나 앤디 워홀의 단편을 보고, 참신한 뮤지컬 작품을 찾아 오프브로드웨이를 어슬렁거리기도 한다. 필립 글래스와 로버트 윌슨의 공연을 보고, 재즈 바 '블루노트'에서 론 카터의 베이스 선율을 듣는다.

재능 있는 예술가들의 그림과 음악이 넘쳐나는 도시. 세계 각지에서 저마다의 꿈을 이루기 위해 모여든 사람들 속에서 심약하고 게으른 나 역시 변화될 것만 같았다. 온갖 인종이 뒤섞인 세계 문화와 경제의 중심, 에너지로 충만하여 살아 움직이는 도시, 뉴욕에 대한 나의 생각은 그런 것이었다.

영화 〈코요테 어글리〉는 작곡가의 꿈을 안고 뉴욕에 온 시골 처녀의 성공 스토리다. 친구들처럼 고향에서 평범하게 결혼하는 길을 택하지 않고 뉴욕에서 새로운 도전을 감행하는 주인공 바이올렛. 당연히 순탄하지 않은 과정을 밟고, 또 당연히 행복한 결말에 이른다.

뉴욕으로 온 바이올렛은 데모 테이프를 들고 음반사들을 찾아다니지만 번번이 퇴짜를 맞는다. 신인들을 발굴하는 클럽의 무대에 서는 것이 가장 확실한 기회지만, 치명적인 무대공포증이 있어 그 또한 쉽지 않다. '코요테 어글리'라는 바에서 바텐더로 일하게 되면서 조금씩 적극적으로 변해가는 바이올렛. 변함없이 힘이 되어주는 아버지와 고향 친구, 근처 식당에서 일하는 남자친구 케빈의 사랑과 노력으로 결국 무대공포증을 이겨내고 음악으로 인정받게 된다.

영화의 볼거리는 단연 '코요테 어글리' 바의 현란한 쇼. 늘씬한 미녀 바텐더들이 쉬지 않고 펼치는 화려하고 정열적인 칵테일 쇼는 화면에서 눈을 떼기 힘들 만큼 매력적이다. 그녀들은 결코 남자들의 손길을 허락하지 않는, 단지 '볼거리'로서의 쇼를 연출하는 직업인이며 나름대로의 삶의 목표를 가지고 있다. 고아인 케빈 역시 고향 호주를 떠나 뉴욕에서 주차원과 전화교환원, 주방보조와 생선가게 일용 노동자의 생활을 거치며 스스로 삶의 기반을 만들어가고 있다. 세계적인 모델 타이라 뱅크스가 법대 학비를 벌기 위해 일하는 바텐더로 출연한다.

〈코요테 어글리〉는 영화보다 사운드 트랙이 더 인기를 얻었는데, 특히 'Can't Fight The Moonlight'과 'Please Remember'가 세계적으로 히트했다. 극중 바이올렛이 부르는 곡들을 더빙한 리안 라임즈 외에도 이글스의 멤버였던 돈 헨리, 싱어 송 라이터 타마라 워커 등 여러 뮤지션의 좋은 곡들이 들어 있다.

어떤 상황에서도 꿈을 잃지 않는 인내와 용기, 가장 큰 힘은 역시 사람임을 일깨우는 따뜻한 에피소드들. 이런 식의 할리우드 영화가 주는 감동에 무조건 경기를 일으킬 필요야 있겠는가. 넘쳐나는 노래와 춤, 신선한 연기, 감각적이고 재미있는 오락영화로서의 역할을 충분히 하고 있다. 딱히 클라이맥스라 할 만한 긴장이 없는 점은 지적되어야 하겠지만.

그리고 같은 공간, 다른 세계가 존재한다. 노력을 한다 해서 모두가 성공할 수 있는 것은 아니다. 성공은커녕, 삶을 버티기 위한 아주 작은 기회조차 애당초 허락받기 힘든 사람들이 있다. 아무 걱정 없이 노래하는 프랭크 시나트라의 'New York, New York'이나 할리우드의 익숙한 성공담이 짜증스러운 사람이라면, 베트남전의 상흔을 안고 유령처럼 뉴욕의 밤거리를 배회하는 〈택시 드라이버〉 트래비스의 여정에 동참하면 될 것이다. 풍요로운 맨해튼의 대로가 아니라 브룩클린이나 브롱크스 어디쯤의 뒷골목에서 소외되어 살아가는 이들의 쓸쓸한 풍경을 보고 싶다면 폭력과 매춘, 마약으로 얼룩진 〈브룩클린으로 가는 마지막 비상구〉를 보자. 그것을 응시하기란 때로 거의 고통스러운 것이지만, 세상 어느 곳에서든 서로 다른 삶과 상념들이 공존하기 마련이다.

살만 루시디가 '온갖 영감을 주는 도시'라 칭송하며 집필에 몰두한 도시 뉴욕은, 〈위대한 개츠비〉의 작가 스코트 피츠제랄드가 습작을 싸들고 다니며 형편없는 실패를 맛본 후 눈물 흘리며 짐을 꾸렸던 뉴욕이기도 하다. 어디로 가든 내가 나 아닌 누군가가 되지는 않는다는 것. 발 딛고 선 자리에서 스스로 만들어가야 할 삶이 존재할 뿐이라는 것. 그래도 꿈을 꾸고 또다시 도전하며, 그렇게 삶은 계속된다.

당신이라는 행운

실존사상의 선구 키에르케고르, 성도착의 백과사전 사드, 의식의 흐름 조이스… 이런 책들을 읽는 고등학생이 있다. 가난한 집안의 흑인 소년과 은둔하고 있는 대작가 포레스터가 만나 교감을 나누며 서로의 삶을 변화시켜가는 과정. 영화 〈파인딩 포레스터〉는 그런 따뜻한 이야기다.

소년 자말(롭 브라운)이 포레스터(숀 코네리)를 통해 문학에 눈떠가는 과정은 내게 꽤 인상적인 것이었다. 돌아보면 청춘의 어느 시기, 여유 시간의 대부분을 책을 읽으며 보냈다. 그 시기를 거쳐 언제부턴가 창작의 꿈을 접긴 했으되 제대로 놓여난 적 또한 없었다. 길고 지루하게 잠복해 있던 어떤 징후들. 문학에 대한 불씨를 다시 지피게 한 적도 없진 않았지만, 대개는 나 자신에 대한 깊은 좌절의 빌미가 되었다. 좋은 글을 읽을수록 그에서 나는 멀어져

갔다. 그래, 이런 이들을 작가라 한다. 작가는 정말 좋은 글을 쓰는 사람이어야 한다. 그것이 내 몫이 아님은 거의 확실해 보였다.

그 후 오랜 시간이 지나고, 신문에서 읽은 작가 귄터 그라스의 인터뷰 기사가 다시 한 번 가슴을 쳤다. '왜 자전적인 글을 쓰지 않느냐'는 기자의 질문에 그는 이렇게 대답했다.

"자기에 대한 이야기를 할 수 있는 사람은, 아주 풍요로운 삶을 살았거나 혹은 아주 모순된 삶을 살았던 사람이어야 합니다."

나에게 이것은 자전적인 글만이 아니라 마치 글을 쓰려고 하는 모든 이에게 하는 말처럼 들렸다. 문학이란 가슴으로도 머리로도 결코 충분하지 않다. 결국 또, 삶이 문제였던 것이다.

내가 오래전에 보고 나서 다시 보지 않는 영화가 몇 편 있는데, 〈아이다호 My Own Private Idaho〉가 그중 하나다. 대학 시절 그 영화는 마니아들 사이에서 컬트로 자주 회자되던 작품이었고, '어머니 같은 여자의 콜을 받고 붉은 방에 들어서는 리버 피닉스' 운운하며 단편소설을 쓰던 후배를 부러워했던 기억도 난다. 결국 나도 그 영화를 보게 되었고, 잔상은 꽤 오래 남았다. 지금 다시 보면 그때와 또 다른 상념들에 잠기게 될 테지만, 왜, 처음의 느낌으로 간직하고 싶은 영화가 있지 않은가.

그것이 왜 컬트영화인지, 어떤 의미망들이 있었는지 그에 대한 느낌들은 거의 남아 있지 않다. 다만, 처음부터 밑바닥 삶이었던 마이크(리버 피닉스)와 아버지에 대한 반발로 잠시 그 대열에 합류했다 떠나는 부유층 아들 스코트(키아누 리브스)의 행로를 보며 표현하기 힘든 슬픔을 느꼈다. 돌아갈 곳이 있는 이들과 그저 삶 자체가 길 위에서의 여정인 이들의 가슴 아픈 이야기. 그 끝엔 너무도 당연한 이별이 있고, 때로 그 배신감과 상처는 한 사람을 죽음에까지 이르게 한다. 기면증을 앓는 마이크가 그랬던 것처럼, 언제 잠들고 어디에서 깨어날지 모르는 우리의 인생. 그저 이 순간을, 내가 서 있는 이 길을 혼자 감내하며 걸어갈 수밖에.

그 영화 〈아이다호〉의 감독 구스 반 산트. 미국 인디, 퀴어 시네마의 기수로 추앙되다 흔히 말하는 주류가 된 사람이다. 그 후에도 인간에 대한 따뜻한 시선, 관계의 본질과 자전적 요소에 대한 탐구, 현대사회에 대한 비판적 시각이 일정 부분 유지되고 있다. 〈파인딩 포레스터〉도 그러한 작품 중의 하나였다.

자말은 포레스터로 인해 진정한 예술의 세계에 눈뜨고, '무식한 이빨로' '작품을 찢어발기는' 비평가들과 개인적 상처 때문에 세상과 담을 쌓았던 포레스터는 주저앉아 있던 자전거 타이어에 바람을 채우고 다시 세상 밖으로 나온다. 포레스터가 은둔해 있는 모습을 보며 헤르만 헤세의 서평집에서 읽은 구절이 떠올랐다.

사랑에서 생겨나지 않은 위대한 예술 작품이 없듯이, 예술 작품에 대해 다시 사랑 말고는 달리 어떤 고귀한 후원의 관계도 없다. 위대한 문학 작품에서도 인간적인 약점 일부가 드러나는 자리에서 오로지 비판이나 심지어 남의 실패를 기뻐하는 마음에 빠져드는 사람이라면, 이 풍성한 식탁에서 언제나 가난하고 비참한 굶주림만을 느낄 것이다.

누군가가 자신의 일에 최선을 다하고 있을 때, 그에게 줄 수 있는 건 격려와 사랑일 것이다. 예술가들 역시 마찬가지다. 마르께스가 하루에 담배 다섯 갑을 태워가며 쓴 〈백 년 동안의 고독〉을 읽고 내 영혼이 좀 더 풍요로워진 것처럼, 나는 늘 예술을 하는 이들에게 일종의 경외감과 부채감을 동시에 갖고 살아왔다. 그것이 얼마만큼의 성취로 이어졌든 간에, 그들의 순수한 열정이 애정 없는 비판에 상처받지는 않았으면 좋겠다.

처음부터 진지한 예술영화를 만들고자 한 것도 아니겠지만, 어쨌건 이 영화에서 그려진 문학이 치열한 그 무엇은 분명 아니다. 타고난 천재성의 발현과 문답식 게임쯤으로 평화롭게 그려져 있을 뿐. 타자기 앞에 앉아 손가락 가는대로 두들겨라? 아무 생각 없이? 문학에 대한 다소의 환상과 상투적 스토리의 함정에도 불구하고, 열여섯 살 소년으로 인해 '인생의 겨울에 와서야 삶의 기쁨을 알게 되었다'고 하는 노작가의 마지막 편지는 찡하게 가슴을 울리는 구석이 있었다.

재능 있는 작가가 아니어도 좋다. 숀 코네리처럼 멋지지 않아도 좋다. 서로의 삶을 긍정하고 위로하며, 세상과 소통하던 각자의 방식을 좀 더 풍요롭게 변화시켜가는, 많은 이들이 서로에게 그런 행운일 수 있기를.

정상과 비정상의 경계, 씬 레드 라인

전쟁영화를 좋아하지 않는다. 감동을 위해 준비된 거대한 스펙터클이니 오만한 국가적 자존심 고취니 하는, 할리우드 전쟁영화를 염두에 둔 비판적 시선 때문이 아니다. 단지 잔인한 것을 보기 괴로워하는 선천적인 심약함 때문이다. 그 때문에 공포영화 역시 즐겨 보지 않는다. 피터 잭슨의 사지 절단 스플래터가 나를 웃긴 적이 있기는 하지만.

어쨌건 나는 픽션의 계획된 공포나 잔인함조차 견디기 힘들어하는 사람이다. 하물며 인간이 부딪힐 수 있는 가장 잔인한 현실인 전쟁, 지금도 어딘가에서 벌어지고 있을 그 공포의 재현 앞에서야 말해 무엇하겠는가. 좀비나 악령이 홀연히 나타나 일당백으로 수많은 사람을 죽인다 한들, 힘과 정치의 논리에 떠밀려 똑같은 사람을 적으로 믿고 죽여야 하는 병사 한 사람의 현실만큼 끔찍할 수는 없다.

전장에서의 인간의 심리에 천착한 경우를 거슬러 올라가 보면, 내게는 〈서부전선 이상 없다〉가 무척 인상적인 영화였다. 레마르크의 원작을 워낙 좋아하기 때문에 아쉬운 점이 없지는 않았지만(냉철한 문체의 묘미를 좀 더 살렸어도 좋았을 텐데), 참호에서 뛰쳐나와 '친구들이여, 나는 그대들을 죽이고 싶지 않다'고 외치던 주인공의 모습에 눈물 흘렸던 기억이 생생하다.

그리고 바로 이 영화 〈씬 레드 라인 The Thin Red Line〉이 있다. 아무런 죄의식 없이 떠돌며 살인을 저지르는 10대들에 대한 영화 〈황무지〉. 세상에 대한 그 까닭 모를 절망과 분노 속에 몸서리쳐지도록 섬뜩하고 슬픈 무언가가 오래도록 잊히지 않았다. 그 감독 테렌스 멜릭이 〈황무지〉와 〈천국의 나날들〉 이후 긴 침묵을 깨고 20여 년 만에 만든 영화가 바로 〈씬 레드 라인〉이다. 이 영화는 상당히 길고, 당연히 지루할 수 있다. '긴 전쟁영화'라 할 때 으레 기대해봄직한 물량 공세와 스케일은 없고, 그저 병사들의 얼굴과 햇살에 빛나는 초록색 숲이 있다. 아니, 170분짜리 전쟁영화가 어떻다고?

〈씬 레드 라인〉을 이해하는 데 스토리는 큰 도움이 되지 않는다. 1942년, 2차 대전 중의 격전지였던 과달카날 섬에서 벌어진 일본군과 연합군 전투. 미국은 불리한 전세를 뒤집기 위해 지원 병력을 파견하고, 결국 연합군이 승리하여 남태평양에서의 교두보를 확보하는 것이 영화의 뼈대다. 그러나 테렌스 멜릭은 전투 장면보다는 병사 개개인의 심리 묘사에 대부분의 시간과 정성을 들인다. 사명감에 불타는 얼굴은 어디에도 없다. 한치 앞을 기약할 수 없는 현실 속에 병사들은 그저 두고 와야 했던 것들을 생각한다. 카메라는 자주 불안으로 떨리는 눈과 입술 앞에 있고, 오래도록 그 거리에 머문다. 갓 부화하여 죽어가는 새. 푸른 하늘 뭉게구름. 수풀은 햇살에 아름답게 일렁이고, 그 속에서 사람들은 피를 흘리며 쓰러져간다.

진지를 함락당한 일본군. 서로의 머리를 감싸 안고 울부짖거나 정신 나간 듯 기도를 하고 있는 그들 역시 전쟁에 차출되어 소중한 모든 것들을 잃어버린 인간일 뿐이다. 연합군 병사들은 그런 그들 앞에서 승전의 기쁨은커녕 가치관의 혼란으로 괴로워한다. 상처투성이로 변한 그들의 몸과 정신은 이제 불안과 두려움을 넘어 공허의 상태로 향한다. 겁에 질려 있던 눈동자들이 시간이 갈수록 먼 곳을 응시하는 공허한 눈동자로 바뀌는 것을 보며 가슴이 저릿했다. 전쟁의 참상을 사실적으로 보여주는 것만이 감동을 줄 수 있는 것은 아니다. 숀 펜과 존 쿠삭, 벤 채플린, 닉 놀테, 짐 카비아젤 등

주연배우들의 연기는 흠잡을 데 없었고, 조지 클루니나 존 트라볼타도 잠깐씩 얼굴 내밀어 거장에 대한 성의를 표했다.

좋은 음악을 작곡하는 것보다 때로 음악이 있어야 할 곳을 정확히 아는 것이 영화에서 더 큰 미덕이 될 수 있다. 〈씬 레드 라인〉에서 한스 짐머의 음악은 결코 화면 위로 솟아오르지 않는다. 존재의 불안과 고통 위에 느슨하게 걸쳐져 그 역할을 최대한 자제하고 있는 것이다. 카메라 뒤를 느릿느릿 따라가는 발걸음. 장면이 몇 번을 바뀌어도 음악은 무심하게 이어지고, 무거운 타악의 진동조차 그 진폭이 크지 않게 화면 뒤로 숨는다. 오케스트레이션의 풍부한 음색보다는 신디사이저의 차가운 단순음을 조용조용 반복하고, 더 나아가 음악보다는 현장음을, 그리고 현장음보다는 침묵을 통하여 절제의 미학을 보여주었다. 아마도 그는 테렌스 멜릭이라는 감독과 이 영화를 잘 이해한 것 같다. 감상적인 선율로 감동을 배가시킬 수 있는 종류의 영화가 아님을 이미 알고 있었던 것이다.

개인이란 아무것도 아니라는 상관의 말에 '난 다른 세상을 보았다'고 하던 영화 초반부 위트의 대사가 떠오른다. 그 '다른' 세상. 욕심 없이 저마다 행복하고 평화롭던 원주민 공동체는 결국 강대국들의 아귀다툼 앞에 산산이 조각나고, 승리한 병사들은 또 다른 전장으로 실려 가며 공허한 눈동자로 멀리 바다를 바라본다.

'The Thin Red Line', '가늘고 붉은 선'은 정상과 비정상의 경계를 뜻하는 말이라고 한다. 정상과 비정상은 정말 그렇게 가까운가. 병사들은 트라우마 상태에서 비정상으로의 경계를 넘고, 전쟁과 폭력의 광기는 정치적 대의명분으로 포장되어 정상의 영토로 편입한다. 그 '씬'한 경계를 되돌리기란, 그러나 얼마나 어려운 일일 것인가.

진짜 삶을 찾아서

어머니의 뱃속에서부터 한 인간의 전 생애를 TV프로그램으로 생중계한다면. 그가 살고 있는 곳이 실은 거대한 세트이며, 주위의 모든 사람들이 부모와 아내와 친구와 이웃의 역할을 맡은 배우들이라면. 그는 꿈에도 그 사실을 모른 채 자기의 삶을 살고 있다면. 그가 자라고 첫사랑에 실패하고 결혼하고 일상을 이어가는 모든 과정을 시청자들이 지켜보고 있다. 그리고 모든 것을 깨닫게 된 그는 진짜 삶을 찾아 탈출을 감행한다.

영화 〈트루먼 쇼〉를 바라보는 몇 가지의 방식이 있을 수 있다. 조지 오웰이 오래전에 예견했던 '빅 브라더'의 존재, 다시 말해 개개인의 삶을 감시하고 통제하는 권력(이 영화에선 거대 자본주의 미디어)의 실상과 그 폐해를 고발하는 것. 매스미디어의 힘은 자본주의 틀 안에 숨은 정치권력과 대중의 속성을 해부하고 그에 유린당하는 개인의 삶을 형상화하는 데 가장 적합한 소재가 되었다. 다음으로 '인간의 자유 의지와 그를 위한 투쟁'의 측면. 그리고 마지막으로 신(적인 존재)과 인간 사이의 관계에 대한 탐구. 그 외에도 다양한 시각이 있을 수 있겠지만, 중요한 것은 그 모든 이론적 토대를 떠나 단지 자유를 갈구하는 보편적인 삶에 대한 이야기로서도 이 영화가 충분히 감동적이었다는 사실이다.

어릴 적부터 탐험가가 꿈이었던 주인공 트루먼(짐 캐리). 평온한 가정을 꾸리고 역시 평온하기 그지없는 일상이 반복되지만, 트루먼은 자꾸만 먼 곳으로 떠나기를 갈망한다. 영화 초반부, "아기를 가져야지 탐험은 왜 해요?"라는 아내의 말에 트루먼은 이렇게 대답한다. "천천히 가져도 돼. 더 넓은 세상을 탐험해봐."

이 영화를 해석할 때, 인간의 자유 의지란 측면을 트루먼 자신이 쇼의 주인공이란 것을 깨닫고 그에 항거하는 과정으로 본 견해들이 많았다. 그러나 자세히 들여다보면 트루먼은 아무것도 몰랐던 때부터, 그러니까 그저 평범한 소시민으로서 이미 일상에서의 탈출을 꿈꾸고 있었다. 이것은 인간에게 있어 좀 더 본질적인 차원의 문제가 된다. 아무 걱정 없는 낙원을 떠나 더 넓은 세상을 찾아가려는 트루먼에게 TV에선 '집으로 가는 길'이라는 프로그램을 보여준다. 소개 멘트대로 '인생을 배우러 집을 떠나려던 주인공이 사랑하는 이가 있는 집의 소중함을 깨닫게 된다'는 내용의. 이쯤되면 이것은 오히려 현대인의 실존적 깨달음과 자아 찾기의 과정으로도 읽히지 않겠는가?

현대사회에서 개인을 감시하고 통제하는 것은 미디어를 비롯한 외부 권력뿐만이 아니다. 바로 내 가정과 생활, 아무것도 의심하지 않는 나의 의식 자체일 수 있다. 한 인간이 자기 삶의 관성에 눈뜨고 무언가를 새로이 시도하는 모습 자체가 어떤 사회적 메시지보다도 가슴에 와 닿았다. "그런 생각 안 해봤어? 벽에 둘러싸여 있다는 생각." 그림 같은 석양을 배경으로 트루먼이 친구에게 건넨 말이다.

드디어 배를 타고 섬을 떠나는 트루먼. 기후 조정 프로그램의 조작으로 거센 폭풍우가 휘몰아치는 바다에서 사투를 벌이는 장면은, 과연 신의 섭리에 대항하는 인간의 모습을 떠올리게 할 만큼 묵시론적이고 스케일이 크다. 하늘에서 들려오는 프로그램 책임자의 목소리, '모든 것이 갖추어진 평안한 땅에서 그저 행복하게 살라'는 회유를 뿌리치고 트루먼은 세트장 벽의 비상구를 열어젖힌다.

그는 두 가지 의미에서 탈출했다. 우선 이 울트라 메가톤급 몰래 카메라에서, 그리고 오랜 시간 안주하던 자신의 일상에서. 탈출한 이후의 삶이 과연 행복할 것인가? 당연히 그렇지만은 않을 것이다. 엄연히 존재하는 또 다른 현실에 부딪히며, 어쩌면 언젠가 다시 원래의 삶을 그리워하면서 돌아가고 싶어질지도 모른다. 실존주의에서 말하는 것처럼, 자아와 마주하고 자유 의지를 가지게 된 인간은 어차피 괴롭고 비극적일 수밖에 없다. 그러나 그 너무나 인간적인 도상에서 우리는 인간만이 가질 수 있는 긍지와 창조의 기쁨, '산다는 것은 과연 무엇을 의미하는가'에 대한 실마리를 찾을 수 있는 것이다.

〈트루먼 쇼〉에 주로 쓰인 음악은 필립 글래스로 대변되는 미니멀리즘 음악이다. 잠들어 있는 트루먼의 얼굴이 방송되며 흐르는 'Truman Sleeps', 폭풍우에 맞서 살아남은 그의 모습 위로 애잔하게 흐르는 건반 선율 'Raising The Sail'은 언제 들어도 이의를 달기 힘들 만큼 아름답다.

내가 특별히 주목한 것은 시청자들을 향해 마지막 인사를 하고 새로운 세계의 문을 열 때 울려 퍼지는 곡 'Opening'이었다. 일본 극우작가 미시마 유키오의 삶을 그린 폴 슈레이더의 80년대 영화 〈미시마〉에 삽입되었던 그 음악. 전자음의 풍부한 잔물결 속에 타악과 건반의 웅장한 조화가 주인공의 새로운 출발을 축복하는 듯

하지만, 어두운 음색의 관악이 더해지며 불안의 조짐이 함께 느껴지는 이 음악은, 트루먼의 앞날을 대변하는 매우 적절한 선곡이었다고 생각된다.

때로 영화 속에서 특별한 역할을 하는 음악들을 발견하고 즐거움을 느끼곤 한다. 〈트루먼 쇼〉의 끝부분에서 음악이 그저 장밋빛 미래를 예약한 주인공의 승전보를 전하는 역할에 머물렀다면, 적어도 내게 이 영화의 의미는 지금보다 약화되었을 수 있다. 애니메이션 〈치킨 런〉에서 치킨들이 농장 탈출에 성공했을 때 울려 퍼지는 음악은 마냥 밝고 힘찬 것이다. 이후의 삶에 대한 고민이 개입할 여지가 전혀 없기 때문이다. 실제로 그 치킨들은 내내 행복하게 살았다. 〈트루먼 쇼〉에서 트루먼의 탈출은 또 다른 불안을 미묘하게 암시하는 음악으로 장식되었다. 이와 함께 영화는 자유 의지로 인해 괴로움이 순환되는 인간의 실존적 삶에 대한 성찰로 보다 빠르게 승화될 수 있는 것이다.

'자유를 두려워할 줄 아는 자가 진정한 자유주의자'라는 조지 오웰의 말이 생각난다. 일상의 무딘 반복 속에 어느 날 문득 나 자신과 마주하게 되는 날이 온다면, 담담히 그 이야기를 듣겠다. 시간에, 젊음에, 인생 앞에 좀 더 치열하지 못했음을 고통스러워하고, 어쩌면 이미 느끼고 있었을 진실을 더는 외면하며 덮어두지 않으리라. 정확히 실체를 알 순 없지만 늘 갈망했던 무언가를 찾아 언젠가 모든 것에서 떠나보고 싶다. 참으로 두렵고 두려운 일. 아직, 놓아버리기 힘든 미련이 너무도 많다.

결혼으로 무엇이 해결될까

여기, 결혼이 모든 것을 해결해주리라는 생각을 가진 스물두 살의 여자가 있다. 몇 년째 직업도 없이 놀고먹으며 아바의 노래를 듣는 것이 주된 낙인 뮤리엘. 뚱뚱하고 못생겼고 촌스러우며 머리도 그다지 좋지는 않다. 정치적 야심이 있는 아버지에겐 그야말로 없느니만 못한 골칫덩어리고, 친구들로부터도 대놓고 따돌림을 당한다. 그녀의 희망은 오직 하나, 결혼으로 자신이 쓸모없다는 생각에서 벗어나 새로운 삶을 시작하는 것이다. 영화 〈뮤리엘의 웨딩〉의 주인공 이야기다.

처음으로 자신을 편견 없이 대해준 진실한 친구 론다를 만나 시드니에 자리잡은 뮤리엘. 론다는 암으로 하반신을 못 쓰는 장애인이 되고, 뮤리엘은 잘생긴 남아공의 수영선수와 결혼하게 되면서 론다를 떠난다. 남자는 영주권을 위한 위장결혼을 계획했고, 좀 모자란 듯한 뮤리엘이 적격이었던 것이다. 결혼식장에서 행복감을 주체하지 못하고 연신 바보스런 웃음을 흘리는 뮤리엘. 그런 신부를 바라보며 아연실색하는 신랑.

사랑 없는 결혼생활을 체험하고 어머니의 죽음을 겪으면서 뮤리엘은 서서히 자신의 정체성에 눈뜬다. "당신을 사랑하지 않아요." 남편에게 단호히 선언하고 떠난 그녀는 친구를 다시 찾고 새 인생을 다짐한다.

이 영화는 부담 없이 재미있게 볼 수 있는 드라마지만, 단순히 한 처녀의 결혼과 자아 찾기 과정으로 보이지는 않는다. 가부장적이며 야심가인데다 바람까지 피는 뮤리엘의 아버지. 권위적인 남편에게서 자식들을 보호하려 애쓰며 권태와 무의미한 일상만이 남은 결혼생활을 직시하지 못하고 늘 혼자 상처 입는 어머니. 집이란 둥지를 떠나지 않고 빈둥대면서 청춘을 소진하는 무기력한 자식들. 몸매나 미모와 남자의 능력을 맞바꾸는 것이 결혼의 공식이라고 생각하는 뮤리엘 주변의 친구들. 영화는 이런 여러 부류의 인간형을 통해 결혼과 가족에 대한 다양한 질문을 던져주고 있다.

결혼으로 무엇이 달라지고 또 달라질 수 있는가. 혹은, 결혼으로 무엇이 꼭 달라져야만 하는가. 하지 않은 이들은 많은 것을 꿈꾸고, 한 이들은 많은 것에 절망한다. 영화의 결론은 단순하다. 홀로 서지 못하면 제대로 함께 설 수 없다는 것.

뮤리엘의 방이 아바의 사진으로 도배되어 있었던 것처럼 영화 내내 아바의 노래를 들을 수 있는데, 한 가지 인상적인 장면이 있다. 영화 초반부, 이웃의 친구들이 뮤리엘을 비난하면서 했던 말. '아바 같은 음악이나 듣고 넌 품위가 없다, 너바나(Nirvana) 정도는 들어야 하는 것 아니냐' 어쩌고. 오로지 외모와 이성에만 관심이 있으면서 얼터너티브 록을 들으면 뭐가 달라 보이는가. 그리고 과연 아바는 그저 달콤한 소프트 팝을 부르는 품위 없는 그룹인가.

70년대 음악임을 잊게 하는 사운드적 완성도와 치밀한 구성, 다양한 악기 편성, 오랜 작업을 통해 완성된 세션들의 완벽한 조화, 멀티더빙을 통한 보컬 하모니의 풍성함 등. 대중적이라는 이유로 아바의 음악이 평가절하되어서는 안 될 근거는 많다. 'Eagle'이나 'Cassandra'처럼 때로 진지하고 서사적인 스케일의 뛰어난 곡들을 발견하게 되는 것 또한 그렇다. 내 어린 시절을 함께 한 추억의 음악에 대한 잠시의 변론.

영화 〈8명의 여인들〉은 인간의 다양한 욕망과 본성에 관한 영화지만, 일면 평화로워 보이던 가족의 허상에 관한 영화이기도 하다. 어느 날 아침, 등에 칼을 맞고 죽어 있는 남편. 폭설로 고립된 가족. 불륜 관계에 있던 남자와 도망갈 계획을 세우고 있었던 부인을 비롯해 하나씩 폭로되어가는 가족의 진실. 그 끝에는 더 충격적이고 슬픈 결말이 기다리고 있다. 영화 속에서 다니엘 다리우가 부르던 의미심장한 노래, '행복한 사랑은 어디에도 없다'.

살 길을 알았을 때는 이미 늦었기에
우리들의 마음은 밤 속에서 일제히 우는 것이다.
조그마한 노래 하나를 짓는 데도 불행이 필요한 것이다.
몸짓 하나를 하는 데도 회한이 필요한 것이다.
기타 한 줄을 치기 위해서도 흐느낌이 필요한 것이다.
행복한 사랑은 어디에도 없다.

고통을 동반하지 않는 사랑은 없다.
사람의 마음을 아프게 하지 않는 사랑은 없다.
그리고 그대에 대한 사랑도 조국애와 같은 것.
눈물로 키워지지 않는 사랑은 없다.
행복한 사랑은 어디에도 없다.
그러나 그것이야말로 우리 두 사람의 사랑인 것이다.

– 루이 아라공, '행복한 사랑은 어디에도 없다' 中

각기 다른 존재들이 만나 하나의 노래를 만들어내기까지 얼마나 많은 불행과 회한과 흐느낌이 필요하겠는가. 함께 현실을 살아내는 것은 함께 꿈꾸는 것보다 훨씬 더 어렵다. 결혼은 사랑의 끝이 아니라 함께하는 삶의 시작이라는 것. 비록 끝이 온다 할지라도 모든 끝에는 시작이 있었다는 것. 그리고 그 시작은 아름다웠다는 것. 기억하는 한 그 무엇도 사라지지 않는다. 행복한 사랑은 모든 곳에 있었다.

Chapter_3

음악으로 사색하는 몇 가지 방법

몽마르트의 가난뱅이 씨

고등학교 때였다. 까닭 없이 우울했던 사춘기. 어느 날 문득 쉬는 시간에 학교를 빠져나와 바다를 보러 갔었다. 모래사장에 우두커니 앉아 무슨 생각을 했는지는 잘 기억나지 않지만, 바닷가 찻집의 야외 스피커에서 흘러나오던 클래식 방송을 들으며 긴 꿈을 꾸는 듯했던 느낌만은 남아 있다. 지금 생각하니 글린카나 발라키레프의 음악 정도 되었을 러시아풍의 관현악 선율. 그 뒤에 이어진 단조롭고 무심하기 그지없는 어떤 음악 속에서 그만 눈물이 흐르고 말았다. 서걱거리는 모래 같고 바람 같던 음악. 의미도 없고 목적도 없는 나의 청춘 같던 그 음악.

찻집의 여주인을 통해 그것이 지역방송국의 클래식 프로라는 걸 알게 됐고, 무슨 용기에선지 방송국에 전화를 걸어 프로그램 관계자를 찾았다. 그리고 알아낸 그 음악은 에릭 사티의 '임종 전의 사색'. 그때 통화한 피디 아저씨와의 긴 인연이 덤으로 따라왔다.

'어떤 의미도 없이 그저 그 자리에 있는 음악', 평론가들의 표현을 빌려 '무의미하게 덜그럭거리는' 사티의 음악이 어느 순간 내 안으로 걸어들어온 것이다. 그렇게 그의 음악과 긴 시간을 함께했다. '엉성한 전주곡-개를 위하여', 갑각류(!)의 이야기인 '바싹 마른 태아' 등 허를 찌르는 곡명들을 처음 접하고는 씩 웃음이 났고, 1분여의 짧은 소절을 840번 되풀이하는 '벡사시옹'의 악명 앞에서 머리가 복잡해졌으며, 민속적인 무곡의 리듬조차 해탈의 경지에 이른 듯 무심하게 들리고 그 단조로운 선율 속에서 건조한 유머의 기운까지 감지되던 순간부터는 조금씩 슬퍼졌다. 어떠한 삶이었기에, 당신은.

파리 몽마르트에서 사티의 흔적을 찾던 기억이 떠오른다. 포도밭과 채소밭, 그리고 풍차가 주인공이던 고흐의 그림 속 몽마르트는 지금에 와선 테르트르 광장을 중심으로 노천카페와 여행자, 거리의 화가들로 가득했다. 발길 닿는 곳곳에 고흐가 살던 아파트, 모네와 세잔이 드나들던 레스토랑이 있고 로트렉이 그림을 그렸던 물랑루즈도 있다. 유일하게 남아 있는 몽마르트의 포도밭. 근처 내리막길의 한 골목에 에릭 사티가 살던 소박한 집이 있었다.

평생 가난했던 예술가. 생계를 위해 피아노를 연주하던 몽마르트의 카페에서 한결같은 이상한 옷차림으로 '에펠탑의 검은 고양이'나 '가난뱅이 씨'라 불리었던 사티. 연인 수잔 발라동과의 몇 개월간의 동거가 그의 삶에 유일한 사랑이었다. 같은 질량만큼의 섬세하고 불안한 영혼을 지녔던 그들은 결국 다툼 중 수잔의 투신자살 시도를 끝으로 헤어지게 된다. 창 옆에 그녀가 선물로 그려주었던 자신의 초상화를 걸어두고 평생을 홀로 살다간 사티.

59세에 세상을 떠난 그는 그녀와 함께했던 그 공간에 죽을 때까지 다른 누구의 발걸음도 허락하지 않았다. 그 후에야 열린 사티의 방안에는 끝내 전하지 못한 연서들만 가득했다고 한다. 스물아홉에 만나 짧게 사랑하고 30여 년을 그리움으로 살다간 사람. 수잔은 화가로서 화려한 성공의 길을 걸었고, 사티는 가난과 고독 속에 쓸쓸히 임종을 맞았다.

사티의 집을 지나 테르트르 광장 한 귀퉁이에 앉아 오가는 사람들의 풍경을 오래도록 바라보았다. 당신들 모두가 결코 적지 않은 저마다의 사연을 안고 있겠지. 떠나갈 것들은 끝내 떠나갈 것이다. 외로운 사람은 끝내 외롭게 남을 것이다. 그러나 당신들과 나, 기어이 사랑하며 이 삶을 견딜 수 있기를.

오늘밤은 사티의 '짐노페디'를 들으며 잠을 청해야지. 그의 음악처럼 나도, 숨 막히는 의미의 굴레들을 벗어던져 무심히 살고 스치듯 사랑하고 낮은 목소리로 이야기하며 지내고 싶다. 그러나 그처럼 나도, 나에게 오는 누군가를 결코 다시는 잊지 않겠다.

달과 6펜스 사이의 당신

장학금 없음.
문학상 없음.
돈 없음.
직업 없음.
학력 없음.
친구 없음.
결혼은 했으나, 독립되어 살아감.

독일 작가 외르크 파우저가 자신을 소개한 말이다. 세계 각지를 떠돌며 경비원과 공항 인부로 일함. 교통사고로 사망. 오직 자신만의 세계에서 살다 떠난 이런 예술가들이 생각날 때, 나는 종종 쇤베르크의 '달에 홀린 피에로'를 틀어놓고 노래도 아니고 중얼거림도 아닌 그 사운드에 귀를 기울이곤 한다.

제자에게 보낸 쇤베르크의 편지를 읽은 기억이 나는데, 그는

"중요한 건 한 작품이 '어떻게 만들어졌는가' 하는 것이 아니라 '어떤 작품인가' 하는 점이다."라고 썼었다. 아도르노에게 수없이 주지시켰지만 귀담아 듣지 않았단 말과 함께. 그러니까 자신의 음악은 '**12음렬** 작품'이 아니라 '12음렬 **작품**'이라는 것이다.

내가 보기에 그는 '전혀 새로운 방식으로 사람들을 자극한' 음악가가 아니라 음악적 성취를 위해 어떤 기법을 자연스럽게 고안하게 된 '그저 음악가'이고 싶었던 것 같다. 당시 그의 실내교향곡 1번을 듣고 '이것은 음악이 아니다'라고 단호히 선언했던 라벨. 무덤 속에서 그는 현대음악의 흐름을 지켜보며 무슨 생각을 했을까.

예나 지금이나 오직 그 시대의 트랙만 돌 수 있는 경주마의 시야를 가진 거장들이 분명 존재한다. 그런 거장과 비평의 그늘 뒤에서 소리 소문 없이 짐을 꾸려 생활세계로 이사가버린 예술가들. 이사 가고 있을 예술가들. 어찌해줄 수 있는 것도 아니면서 때때로 그들을 걱정하고 있는 나의 오지랖.

쇤베르크. 오스트리아. 20세기 현대음악의 시작을 알린 무조음악과 12음기법의 주창자.

아이브스. 미국. 쇤베르크와 비슷한 시기 현대음악사에 한자리를 차지하고 있는 실험적인 작곡가.

쇤베르크 음악에 대한 당시의 평 -현대의 지성인은 소음보다는 훨씬 더 나은 소리를 발달시켰다. 그런데 쇤베르크만은 그렇지 않았다.

아이브스 음악에 대한 당시의 평 -도대체 무언지 알 수가 없다. 어떻게 이런 괴상한 소리를 좋아할 수 있단 말인가?

쇤베르크. 평생 음악만을 업으로 삼은 프로.

아이브스. 작곡과 출신으로 보험 세일즈맨의 삶을 시작, 결국 직접 보험사를 설립하고 큰돈을 벌면서 그 외의 시간을 작곡에 몰두한 아마추어.

쇤베르크. 진정한 프로였으므로 예술가의 당연한 책무인 실험과 도전을 게을리 하지 않음.

아이브스. 진정한 아마추어였으므로 관객과 평단에 아랑곳하지 않고 실험과 도전을 계속할 수 있었음.

쇤베르크. 아무도 그를 인정하려하지 않음. 하여 대체로 늘 가난과 고독 속에서 생을 살아감.

아이브스. 아무도 그를 인정하려하지 않음. 허나 직접 번 돈으로 음악을 출판하고 무대에 올리며 씩씩하게 살아감.

쇤베르크. 미국 망명 후 월 38달러의 연금으로 아내와 세 자녀와 함께 불행한 말년을 보내다 사망.

아이브스. 생의 말년에 그 음악세계가 서서히 알려지며 작곡가와 사업가의 양면적 삶이 주목의 대상이 됨. 평생 자신을 멸시한 평단에서 죽기 몇 해 전 퓰리처상을 주자 '상은 애들이나 받는 것'이라는 조소로 소감을 대신함.

쇤베르크가 죽고 난 후, 아내가 그의 유품을 정리하다 생전에 그가 써놓은 메모를 발견하고 아이브스에게 전달했다. 그 메모의 내용은 이러했다.

미국에는 한 위대한 인간이 살고 있다. 그는 자신을 지키면서 발전해나가는 문제를 스스로 해결했다. 그는 다른 사람들의 무관심에 경멸로 응했으며, 찬사와 비난 두 가지 중 어느 것도 받아들이지 않았다. 그의 이름은 아이브스다.

아이브스의 교향곡 2번을 듣고 있다. 현대음악에 관심을 가졌던 시절, 이론서에서 작곡가 아이브스에 관한 소개를 읽고 그의 삶에 대한 관심으로 음악을 접했다. 단순하면서도 복잡하고, 서정적이면서도 불안하게 삐걱대던 그 음악. 유명한 곡 '대답 없는 질문

(The Unanswered Question)'은 어쩌면 대답 없는 세상 속에서 오직 스스로에 대한 확신으로 꿈꾸며 살아갔던 그의 삶과 닮았다는 생각을 했다. 자신이 추구하는 음악세계가 '거대하고 명료하고 자유로운 상태'라고 했던 아이브스. '예술과 삶의 부조화 때문에 가족을 굶길 수는 없다'며 열심히 일했던 그의 명성은 그가 죽은 지 10년이 넘어서야 완성되었다. 전혀 다른 세계에 속한 것으로 보이는 달과 6펜스를 결국 모두 지켜낸 사람.

평범한 주식 중개인 스트릭랜드가 어느 날 불현듯 모든 것을 버리고 런던에서 파리로 떠난다. 일생 벗어나본 적 없던 삶의 터전을 박차고 나와 화가의 꿈을 꾸는 중년의 남자. 직장도 가족도 버린 채 무일푼으로 떠났지만, 그는 '양쪽 날개를 쫙 편 듯' 행복하다. 물질과 관습의 세계, 손에 쥔 6펜스의 세계를 탈출해 근원적 감수성과 영혼의 세계인 달로 향한 남자는 결국 모든 것을 불길 속에 묻고 떠난다. 서머싯 몸의 소설 〈달과 6펜스〉의 스트릭랜드는 자신만의 예술을 완성하고 그렇게 사라졌다. 달의 세계로 귀속될 수밖에 없는 운명을 타고난 사람들.

몇 해 전, 고흐의 전기를 집필한 작가로부터 '고흐가 귀를 자른 진짜 이유'가 새롭게 주장된 적이 있다. 동생 테오가 결혼한다는 소식을 들은 뒤 생활비를 제대로 받지 못하리란 불안감에 시달린 것이 가장 큰 이유였다는 것이다. 사실이든 아니든, 그런 글을 읽을 때마다 그냥 너무 슬퍼서, 미안해서, 눈시울이 붉어지곤 한다.

마티스는 힘들게 살던 시절 자신의 그림을 리어카에 싣고 다니며 '달리는 차가 리어카를 받아줬으면' 하고 생각했더란다. 그렇게 해서라도 그림 값을 받아내고 싶은 마음이었겠지. 〈백 년 동안의 고독〉의 작가 마르케스 역시 일하던 잡지가 폐간되면서 노숙자 생활을 한 적도 있었다. 그런 어려운 시절의 경험이 남미 전역에서 자행된 폭력과 억압에 맞선 투쟁가로서의 면모를 키웠을 것이다. 그런가 하면 역사 속에는 온갖 이벤트로 자신을 포장해 몸값을 올리고, 그림 끼워 팔기로 부를 쌓았다고 전해지는 루벤스 같은 예술가도 있다. 어쩌면 그 역시 자신과 자신의 예술을 지키기 위한 방법으로 그런 처세술을 익혔겠지.

이룬 것도 버린 것도 새로이 창조한 것도 모두 그 자신의 것이다. 오로지 달의 세계에 속한 빈손의 비극도, 움켜쥔 것만 생각하는 영혼의 공허함도 어느 것 하나 결코 가볍지 않다. 6펜스를 위해 바쁜 당신. 때로 달을 바라보며 혼자만의 꿈을 꾸는 당신. 너무 많이 아프지 말고, 지치지 말고, 끝내 자신을 지키며 살아갈 수 있기를. 겨우내 견딘 바람에 홀씨 날아오를 테고, 어느 봄 달빛 아래 기적처럼 새눈이 돋을 것이다.

소멸의 계절, 가을

엘리엇 스미스의 앨범 〈Either/Or〉를 듣고 있다. 어긋난 관계와 인간의 소외를 노래하는 무심한 음색. 오래전 가을, 느닷없이 전해진 그의 부고 앞에 망연했던 기억이 생생하다. 향년 서른넷. 가을에 떠난 많은 이들의 이름 위에 또 한 명이 보태졌다.

밥 한 끼를 얻어먹기 위해 식당 주인에게 작곡을 해주곤 하던 슈베르트는 평생을 끈질기게 따라다닌 가난과 질병 속에서 어느 해 가을, 서른한 살의 나이로 삶을 마감했다. 20여 년의 차이를 두고 쇼팽이 조르주 상드와의 이별 후 심신의 질병으로 30대를 넘기지 못하고 죽은 것 역시 10월이었다. 죽음에 관한 모티브로 이루어진 귄터 그라스의 소설 〈양철북〉에서 주인공 오스카로 하여금 죽음에의 염원을 가지게 하는 결정적인 자살 사건이 또한 10월.

불타오르는 여름, 그 짧은 격정의 시기를 지나 가을. 포르테로 휘몰아치다 일순간 잦아드는 수비토 피아노의 템포처럼, 우리가 사랑했던 많은 이들이 이 계절에 이승의 경계를 넘었다. 1970년 가을, 헤로인 과다 복용으로 제니스 조플린이 스물일곱 나이에 사망했다. 기면증을 앓는 〈아이다호〉의 슬픈 남창, 방황하는 젊음의 아이콘이었던 리버 피닉스가 마약과 알코올로 날개를 접은 것 역시 10월의 마지막 날이었다. 자살에 다름 아닌 죽음, 죽음들.

그리고 2003년 가을에 날아들었던 엘리엇 스미스의 부고. 펑크 밴드 시절을 거쳐 'Way To Blue'의 가수 닉 드레이크의 계보를 잇는 음유시인으로 인정받았고, 영화 〈굿 윌 헌팅〉 음악으로는 오스카 후보에까지 오르며 대중적 지지를 받던 그가 한동안의 칩거생활을 거쳐 스스로의 가슴에 칼을 겨눈 것이다. 사람들은 경악했고, 또 한 번의 천재 요절 신화로 해외 음악계는 들끓었다. 달관한 듯 처연한 목소리, 또 어찌 들으면 한없이 따뜻하게 가슴을 어루만지던 그 나지막한 읊조림을 다시는 들을 수 없게 되었다.

나는 기억한다 그 최후의 가을에 네가 어땠는지.
너는 회색 베레모였고 존재 전체가 평온했다.
네 눈에서는 저녁 어스름의 열기가 싸우고 있었고,
나뭇잎은 네 영혼의 물속에 떨어지고 있었다.

– 파블로 네루다, '나는 기억한다 그 최후의 가을에…' 中

그들 최후의 가을. 삶의 열기가 미처 식지 못하고 존재와 싸우기도 했을 것이다. 삶에 대한 의지와 자기 파괴적인 충동이 뒤엉켜 방황하기도 했을 것이다. 그러나 낙하하는 나뭇잎 하나의 하중까지 감지하는 섬세한 그들의 영혼은 세상에 오래 적응하여 살아남지 못했다.

죽음과 파괴에의 욕망인 타나토스가 삶에의 욕망인 에로스에 비교우위를 차지하는 일군의 사람들이 있다. 그를 넘어 죽음과 삶을 한 몸체의 양면으로 인식하며 자연스럽게 받아들이는 사람들. 날개에 비해 다리가 너무 약했던 거대한 알바트로스 새처럼, 이 거칠고 부조리한 현실세계에 두발을 딛지 못하고 끝내 자신만의 이상을 찾아 떠난 사람들.

어느 가을날 간경화로 세상을 등진 가객 김현식. 한 잡지에 실린 지인의 말을 빌면, 그는 죽기 한 달여 전부터 술로 연명하였으며, 그 이유를 '가슴에서 배어나오는 피 냄새 때문에' 먹을 수가 없노라고 표현했다 한다. 가슴에서 배어나오는 피 냄새… 그 절박한 고독을 뉘라서 알랴. 괴테의 소설 〈친화력〉에 나오는 여인 오틸리에가 떠올랐다. '죽음 후의 삶이 항상 제2의 삶처럼 느껴진다'던 그녀는 죽음이라는 또 한 번의 삶에 더 오래, 더 평화롭게 머무르게 될 것을 기대하며 침묵의 세계로 빠져든다. 그리고 점차 음식을 거부하다 결국 굶어죽고 말았다.

보들레르의 산문 〈어떤 영웅적인 죽음〉에 등장하는 광대 팡시울은 예술적 재능을 가진 이들, 세계의 이면을 꿰뚫어보는 혜안과 섬세한 감수성을 가진 모든 이들의 분신과도 같은 존재였다. 주어진 현실에 끊임없는 의문과 불신을 가진 그는 사회적 권위(왕)를 단 한 번의 공연으로 제압하고, 그 혼신의 연기 끝에 죽음이라는 절정의 순간에 이른다. 자유로운 예술혼과 삶 사이의 충돌, 타자들과 소통 불능의 확률이 높은 견고한 자아의 벽. 시대를 막론하고 그 어떤 요소들이 복잡하게 뒤엉킨 운명을 타고난 사람들이 있다.

김기덕 감독의 영화 〈봄, 여름, 가을, 겨울, 그리고 봄〉에서 주인공이 세속의 방황을 벗지 못하고 자살을 시도한 때 역시 가을. 사람의 삶에 있어 가을이란, 상실과 조락의 계절인 동시에 열정의 청년기와 냉정한 자아성찰의 노년기 사이에 놓인 사색과 번뇌의 시간이다. 때 이른 죽음의 이미지가 가장 충실하게 구현되는 시간이기도 하다. '이 저녁, 누가 죽어 가는가 보다…' 잘 알려진 이 시의 제목은 '가을 저녁의 시'였다.

영화 〈네트워크〉의 집단적 함성처럼 "나는 미칠 듯이 화가 나서 더 이상 참을 수 없어!" 이렇게 외치고 싶은 때는 그나마 다행. 증오와 공격성이 묵묵히 자기 안으로 걸어들어와 끝없이 침잠하는 것을 깨닫지 못하는 이들이 또한 많으리니.

어쩌면 지금, 죽음을 생각하는 당신. 내가 '당신은 기타를 잘 치고 근사한 목소리를 가졌다'거나 '당신의 존재 자체로도 내 마음이 행복해질 때가 있다'라고 한대도 삶을 유지할 작은 명분조차 되지 않을 것을 알고 있다. 그러나 내가 아는 당신, 나를 몰라도 좋을 당신에게 진심으로 부탁컨대 스스로 화한 불꽃의 신화보다는 인간됨의 무게를 끝내 함께 견딘 연대감을 간직하게 해 달라. 아쉬움과 슬픔의 눈물이 아니라 그 삶의 궤적과 예술혼에 온전한 경의를 표할 수 있는 기회를 달라.

오늘 역시 남루하였으나, 낮게 엎드린 희망을 곁눈질하며 또다시 내일을 준비하는 모든 이들에게 경의를.

나를 매혹한 예술가들

이탈리아 미술에 대한 스탕달의 열정적이고 참신하고 장황하고 뒤죽박죽인 책을 읽다가, 그가 당시 이름난 일군의 예술가들을 한탄하며 쓴 구절이 눈에 들어왔다.

대리석을 쪼아내는 재능이 조각가에게 부족하고,
데생을 하는 능력이 화가에게 부족하며,
상념을 운문으로 가꾸어 내는 재주가
시인을 자처하는 사람들에게 부족하다.
영혼을 상실한 노동자들이
조각과 회화와 시를 기계로 전락시키며
승리의 노래를 부르고 있는 실정이다.

나의 부족함이 가장 큰 이유겠지만, 현대미술 작품 앞에서 종종 고개가 갸웃거려질 때가 있다. 평론가의 해설을 읽고서도 이해가 되지 않거나, 혹은 이미 오래전에 시도되었던 파격의 복제로 느껴지거나. 어느 미술관의 기획전에서 바닥에 아무렇게나 뿌려놓은 유리가루를 작품인지 모르고 밟았다가 기겁을 한 적도 있었다.

변기가 샘인 건 뒤샹이 뒤샹이기 때문이지. 뒤샹이 뒤샹인 건 그가 그저 무심한 체스광이기 때문이지. '나는 철저히 게으른 사람이며, 숨쉬는 일을 작업하는 것보다 좋아한다'던 뒤샹. 매너리즘을 경계하던 어느 순간, 일체의 활동을 중단한 후 불어 교습으로 근근이 생활하며 체스에 몰두했다고 한다. 자신의 개인전에도 불참한 것은 물론 장례식도 치르지 말 것을 부탁한 이 위대한 예술가의 타계소식은, 미국에선 〈뉴욕 타임즈〉 1면에 실렸으나 조국 프랑스에선 신문의 체스 란에 짧게 실렸다고 전해진다. 그의 묘비엔 이런 글귀가 새겨져 있다.

하기야, 죽는 것은 언제나 타인들이다.

나는 진보를 말하는 사람이 아니라 진보적인 사람을 원한다. 나는 전복을 해설하는 예술이 아니라 전복적인 예술을 원한다. 어떤 장르에서든 나를 매혹하는 특별한 예술가를 만나고 싶구나.

오래전 TV에서 조각가 문신 선생 추모행사 뉴스를 본 적이 있다. 말미에 선생의 묘비가 카메라에 잡혔는데 이렇게 적혀 있었다.

나는 노예처럼 작업하고
나는 서민과 함께 생활하고
나는 신처럼 창조한다.

신처럼 창조하고, 노예처럼 일하라. 내 기억이 틀리지 않았다면 이 말은 조각가 콘스탄틴 브랑쿠시가 한 말이다. 나는 간결하면서 힘 있는 브랑쿠시의 작품들을 좋아하고, 만 레이에게 사진을 배운 것 외에 오직 일생을 조각에 전념하다 떠난 그를, 그리고 그 삶에 꼭 어울리는 구도자 같은 얼굴을 좋아한다. 오래전 공연에서 기타리스트 존 맥러플린을 보았을 때, 브랑쿠시와 느낌이 비슷하구나, 그런 생각을 하기도 했었지.

왜 이상한 형태의 조각만 하느냐는 질문에 그가 그렇게 말했다.

"사실에 접근할수록 시체를 만들 뿐입니다."

형형한 눈빛과 은빛 수염의 이 고독한 예술가는 왜 결혼을 하지 않느냐는 물음에는 또 이렇게 대답했다.

"가족들과 함께 있는 내 모습이 상상이 되나요? 아이들이 내 수염을 잡아당기며 아빠 이거 하지 마, 저거 하지 마, 하는 모습이?"

그래요, 브랑쿠시. 당신에겐 결혼이 어울리지 않았을 거예요. 때로 궁상맞고 지리멸렬하고, 그러나 그래서 가치 있는 인간의 일상적 삶을 모두가 누려야 하는 것은 아닐 테니… 당신 같은 예술가의 친구가 되고 싶군요. 생활에 매몰된 예술가 스스로의 영혼을 구제하려는 예술에 종종 염증이 날 때가 있습니다.

깊어가는 밤. 오디오에선 쇼스타코비치의 재즈 모음곡집이 흐르고 있다. '왈츠' 부분에서 영화 〈번지점프를 하다〉가 떠올랐다. 숲속에서 남녀 주인공이 춤을 출 때 태희가 흥얼거리던 선율. 뭐, 이런 걸 영화의 '실수'라고까지 지적한다면 나더러 까칠하다 하겠지만, 사실 영화의 배경인 80년대 초라면 우리나라에서 쇼스타코비치의 이름은 금기의 대상이 아니었던가? 80년대 중반 이후였던 나의 중학교 시절까지도 접근이 수월치 않았던 것으로 기억된다.(그 시절, 클래식 동호회에 끼어 음악을 듣곤 했는데, 해설자 아저씨들이 종종 그에 대한 이야기를 했었다.) 당시 우리 사회에서 '공산당의 충성스런 아들'(쇼스타코비치 사후 소련 공산당의 헌사)이 받아들여졌을 리 만무하겠지.

스탈린 체제 하에서 때로 영웅으로 추대되고, 때로 반동으로 몰리면서 끊임없이 창작에 간섭받고 힘겨운 생존의 투쟁을 벌였던 음악가. 스트라빈스키나 프로코피에프가 서방으로 망명할 때에도 끝내 조국을 떠나지 않고 어려움을 겪은 그였다. 왜? 도대체 왜? '혁명(교향곡 5번)' 같은 곡으로 영웅이 되고, 좀 지나면 슬그머니 신고전주의적 색채나 현대음악적 실험성을 내보여 '퇴폐 부르주아 음악가'라 욕을 먹고, 비판이 심상치 않으면 다시 사회주의 리얼리즘에 충실한 곡을 만들어 무마하고… 참으로 재미있는 일이 아닌가.
그 억압된 창작의 영토에서 그토록 풍요로운 음악들을 남기고 무소르그스키와 말러를 음악적으로 계승한 것은 실로 놀라운 일이다. 건강이 좋지 않았고 우울한 성격으로 알려졌지만, 그의 음악을 들어보면 건조하면서도 비극적인 웅장함만큼이나 조소와 해학의 분위기가 짙게 느껴진다.

힘에 영합해 예술가의 생명을 구걸한 것으로 그를 평가하는 사람들도 간혹 있지만, 나는 그렇게 생각하지 않는다. 어쩌면 그는 예술가의 자유로운 영혼을 억압하는 권력에 대항해 그 한가운데를 지키며 '장난'을 친 것은 아니었을까. 예술을 한낱 도구로 여기는 사람들에게 그 도구를 자유자재로 변형시켜 보여주며 조롱한 것은 아니었을까. 거대한 힘과 그 이면의 섬세한 우울이 느껴지는 그의 음악을 나는 사랑한다. 영웅과 반동을 오가는 극적인 삶 속에서 철저하게 홀로 외로웠을 그의 영혼이 손에 만져질 듯 다가오는, 콘드라신의 쇼스타코비치 전집을 듣는 겨울밤.

슬픔의 노래에 위로받다

그는 안락한 가정을 꾸리고 있다. 잘 자란 아이와 아름다운 동반자가 있다. 사회에서 적당한 몫을 하고, 또 나름대로 성공을 거두었다. 그래서 그, 행복했나?

영화 〈Fearless〉의 주인공 맥스는 성공한 건축가이자 평범한 가장이다. 출장길에 당한 비행기 추락사고로 절친한 동료를 잃고, 그 자신은 죽음의 목전에서 신비한 빛의 이끌림을 받고 살아남는다. 이후 두려움 없는 태도와 선인의 정신으로 거듭나 현실로 돌아오지만, 그 현실은 여전히 자본의 논리와 세속적 욕망으로 들끓고 있다. 가족과는 오히려 소통의 부재만이 심화되어간다. 사고 당시의 생존자였던 여인 카라와 함께 있을 때 비로소 평화로움을 느끼는 맥스. 맥스는 사고 때 아기를 잃고 이혼까지 하게 된 카라에게 그것이 그녀의 잘못이 아니었음을 말해주기 위해 목숨을 건 자동차

사고를 낸다. 카라 역시 맥스의 가정을 지켜주기 위해 그의 곁을 떠나고, 맥스는 또 한 번의 죽음의 위기에서 아내의 도움으로 살아난다.

이것은 어떤 절박한 경험이나 같은 종류의 상처를 공유한 사람 간의 소통, 혹은 그렇지 못한 사람들 사이의 단절을 이야기한 영화인가? 그렇다. 전쟁이나 유년의 상처 등과 마찬가지로 어떤 커다란 계기에서 비롯된 인간의 정신적 외상을 이야기한 영화인가? 물론이다. 그러나 이 영화에서 말하는 '공포'의 좀 더 근원적인 의미에 주목할 필요가 있다. 맥스는 알레르기로 인해 딸기를 먹지 못하는 사람이다. 추락사고 때 빛을 마주한 후 딸기를 먹을 수 있게 되었던 맥스는, 그러나 결국 현실의 삶으로 돌아와 생활하던 중 딸기로 인한 치명적인 쇼크를 일으킨다. 딸기는 현대사회를 살아가는 사람들의 심리 기저에 깔려 있는 두려움과 불안의 상징이다. 완벽해 보이는 삶의 조건들을 두루 갖추고 있는 맥스, 하지만 그의 정신은 한편으로 늘 위태롭게 흔들리고 있었던 것이다.

인간의 영혼을 잠식하는 현대문명의 폐해, 보편성에 정복당하고 마는 개개의 삶, 안락한 은총 속에 질식되어 가는 그 무엇, 반복되는 갈증… 특별한 계기로 인해 많은 것이 치유되고 삶을 긍정할 수 있게 된다 하더라도 다시금 소외와 단절을 경험할 수밖에 없는,

그러니까 이 영화는 현대인의 숙명에 관한 이야기이기도 하다. 아내로 인해 또 한 번 새로운 삶을 얻게 되는 맥스. 이를 두고 '결국 사람이 열쇠'라는 친숙한 메시지를 읽어내든, 되풀이되는 번민에서 헤어날 수 없는 인간 조건을 읽어내든 그것은 개개인의 몫일 것이다.

영화 속에서 맥스의 마음을 대변하듯 위로하듯 흐르는 배경음악은 펜데레츠키와 함께 폴란드를 대표하고 있는 현대음악가 헨릭 고레츠키의 교향곡 3번 '슬픔의 노래'다. 자유로운 무조음악과 음렬음악에 관심을 보이며 현대음악의 적자로 출발하여 미니멀리즘음악에 이른 고레츠키. 현대인의 영혼을 다독이는 이른바 '영적 미니멀리즘'의 거장으로 젊은 현대음악가들에게 큰 영향을 미치고 있다.

'슬픔의 노래'의 뒤늦은 히트는 현대음악계에서 하나의 사건이었다. 77년에 작곡된, 50여 분 동안 느릿느릿 이어지는 선율에 비통한 가사로 칙칙하고 지루하기 짝이 없는 이 교향곡이 92년 발매 이후 지금까지 100만 장이 넘는 경이적인 판매고를 올린 것이다. 소프라노 돈 업쇼나 런던 심포니의 역량, 엘렉트라 논서치의 마케팅 기술만으로는 설명이 되지 않을 일이다. '슬픔의 노래'는 폴란드 수도원의 구전 기도문, 아우슈비츠 수용소 벽에 새겨져 있는 한 소녀의 기도문, 그리고 전장에서 아들을 잃은 어머니의 심경을 그린 폴란드 민요를 모티브로 하여 3악장으로 구성되어 있다.

아우슈비츠의 참상을 생생하게 체험한 폴란드 민족의 한, 나아가 전쟁이나 집단 광기와 같은 인류사적 비극에 대한 통찰로 이루어진 이 곡은, 말하자면 펜데레츠키의 '분노의 하루(Dies Irae)'를 들을 때와 마찬가지로 어느 순간 가슴이 빠근해오는 슬픔 속에서 현대문명과 인간의 삶에 대한 본질적 질문에 이르게 하는 힘을 가지고 있다. 이러한 요소들이 90년대 이후 신자유주의와 정보화시대 속에서 척박해져가는 인간의 정신에 크게 어필한 것은 아닐까.

반듯한 가정과 사회적 성공이라는 완벽한 행복의 조건이 동시에 현대인의 공포가 되는 쓸쓸한 풍경. 안온한 일상이 영혼을 위협하는 두려움이 되고, 부유하는 삶은 그나마 음악 속에서 위로받는다.

주어진 삶에 대한 자각으로 괴로워할 수밖에 없는 인간 실존의 조건, 그리고 현대인의 숙명적인 소외를 이야기했다. 릴케의 분신 말테처럼 일상적 삶을 거부하고 종교에 다름 아닌 예술적 승화 속에서 혼자 구제될 수도 있겠고, 때때로의 카프카처럼 사회 변혁을 꿈꾸는 실천적 의지와 그 힘에 대한 확신 사이에서 갈등하며 어둡고 기괴한 세계로 잠입할 수도 있을 것이다. 카뮈의 펜을 빌어 '인간의 외침과 세계의 부당한 침묵 사이의 대결에서 생겨나는' 현대 사회의 부조리. 나름의 혁명을 꿈꾸며 끝나지 않을 혼자만의 투쟁을 이어가거나, 관념의 자기 안으로 칩거하거나, 무딘 습관의 날들을 이어가거나 하는 여러 삶의 양태들이 또한 존재할 것이다.

고단한 일상의 짐을 부리러 불 꺼진 집, 어둡고 휑한 그곳을 향해 걸어들어가며 나는 종종 '테스트 씨'가 된 듯 폴 발레리의 글귀를 되뇌곤 한다.

한 인간이 무엇을 할 수 있단 말인가?
나는 내 육신의 고통을 떠나서,
또 어떤 위대함을 초월해서 모든 것과 싸운다.

예술가의 초상

어느 가을, 바람이 불던 오후, 베니스의 바닷가에 앉아 있었다. 두칼레 궁전 건너 줄지어 선 배들 사이로 파도가 철썩이고 가로등과 멀리 섬들에 불빛이 하나씩 떠오르던 그때, 벤치에 조용히 앉아 말러의 교향곡을 들으며 이 모든 것이 참 다행이라는 생각을 했다.

방황하던 청춘. 그 끝자락에 아직 젊으신 아버지를 잃은 후 오랫동안 행복했던 기억이 없다. 누구에게도 아픔을 주지 않고 이 식물 같은 삶을 끝낼 수만 있다면… 그러나 못난 나의 부재에도 아파할 이들이 여전히 남아 있었고, 아무리 잠을 제때 이루지 못해도 아침이면 여전히 같은 시각에 눈이 떠졌으므로, 그냥 살아가기로 했었다. 다행이구나. 살아 있어서. 이곳이 베니스여서가 아니라, 베니스의 바닷가에서 말러의 음악을 듣고 있는 비현실적인 순간이어서가 아니라, 지나간 많은 고통들이 일순간 눈앞에서 파도에 부서져나가는 듯한 경험을 했다. 줄지어 선 기억들이 하나 둘 눈물겹게 흩어지고, 나는 그 어떤 표정도 짓지 못한 채 오래도록 그 광경을 바라보았다.

물살을 가르며 섬들을 빠져나오는 수상버스와 곤돌라. 내 주위엔 한 인도 가족과 노신사가 바다를 바라보고 있었고, 나는 어느 순간 제임스 조이스의 〈젊은 예술가의 초상〉을 떠올렸다. 자신을 억압하는 모든 것에서 벗어나려 몸부림치는 스티븐의 기나긴 여정. 해변에서 스티븐이 만난 한 소녀의 실루엣, 성스러움과 세속의 이미지가 뒤섞여 승화되던 그 장면은 영화 〈베니스에서 죽다〉의 비극적인 라스트 신을 떠올리게 하는 측면이 있다.

독일에서 베니스로 요양을 온 초로의 음악가 구스타프 아쉔바흐는 고대 그리스 조각상을 연상케 하는 미소년 타지오를 만나 운명적인 이끌림을 느낀다. 그런 자신을 괴로워하면서도 끊임없이 소년의 주위를 맴도는 아쉔바흐. 베니스에는 콜레라가 창궐하고, 혼란을 두려워한 시당국이 쉬쉬 하는 동안 이를 눈치 챈 아쉔바흐가 소년을 구하려 하지만 이별에 대한 두려움으로 망설이게 된다. 그 사이 병을 얻은 그는 결국 타지오 일가가 베니스를 떠나는 날, 철 지난 해변에서 소년의 모습을 바라보며 조용히 숨을 거둔다. 병색을 감추기 위해 머리를 염색하고 화장을 덧칠한 그의 마지막 얼굴은 땀과 함께 희극적으로 얼룩져 있다.

이 영화의 원작은 토마스 만의 동명소설이다. 소설에서 작가였던 주인공은 감독 루키노 비스콘티가 구스타프 말러를 염두에 두면서 작곡가로 바뀌었다. 소년의 존재는 예술가들이 추구하는 궁극적인 아름다움의 등가물 같은 것이다. 어떤 절대적 대상에 대한 예술가의 매혹, 그것이 소년이었던 것을 두고 비스콘티의 동성애적 취향이 자주 언급되는데, 개인적으로는 그보다 영화의 극적 분위기와 건축적 양식미 등을 통해서도 느낄 수 있듯이 그리스문화에 대한 동경의 발현에 가깝다고 느꼈다.

예술가의 이상, 다시 말해 인간의 영혼과 육체, 정신의 불꽃과 지상의 삶이 대치하지 않고 온전한 합일을 이루고 있는 상태. 루카치도 말한 바 있던 고대 그리스인이 아닌가. 토마스 만의 원작에 이런 구절이 있다. '고귀한 인간이 신과 닮은 얼굴, 즉 완벽한 육체와 부딪힐 때 엄습하는 거룩한 불안.' 완벽한 육체의 모습으로 나타난 궁극의 이상 앞에서 한 예술가가 스스로 파국을 맞은 것이다.

영화는 사실 구스타프 말러와 직접적으로 연관되는 내용이 아닌데, 비스콘티는 이 영화를 통해 자아로부터는 물론 대중과의 거리 속에서 고독하게 창작의 불꽃을 피워 올린 주인공으로서 말러의 그림자를 아쉔바흐에 투영하였다. 영화 전반에서 말러 교향곡 5번의 4악장 '아다지에토'를 들을 수 있다.

철학자 아도르노는 말러를 두고 '베토벤 이후 가장 형이상학적인 작곡가'라고 했고, '그의 음악을 듣는 것은 파탄을 경험하는 것'이라고도 했다. 실제로 말러의 음악을 들으며 자살한 사람들도 상당수에 이른다. 말러를 듣는다는 것은 때로 그처럼 '치명적인' 일이다.

아내, 아이들과 삶의 가장 행복한 시기를 보내며 작곡한 교향곡 6번의 제목이 '비극적(Tragic)'이었다. 어린 시절 가족의 죽음에서 훗날 어린 딸의 죽음까지 겪으며 평생을 따라다닌 죽음에 대한 공포, 그로 인해 오히려 더욱 죽음이란 주제에 집착한 신경증, 타고난 우울증의 기질. 인간 말러 또한 나름의 아픔 속에서 고단한 삶을 살았다.

말러 교향곡 5번 4악장 '아다지에토'. 낭만적이고 아름답지만 쓸쓸하다. 느릿느릿 비장하게 가슴속을 파고드는 불안. 그러면서도 날카롭고 격정적인 힘과 비극적인 웅장함을 느낄 수 있다. 영화 〈베니스에서의 죽음〉 도입부부터 들려오기 시작하는 아다지에토는 영화의 배경음악으로서는 특이할 만하게 몇 장면에서 대단히

긴 시간에 걸쳐 흐른다. 아쉔바흐가 타지오에게 매혹된 스스로를 고통스러워하다 베니스를 떠나려는 시도를 하고 실패하기까지의 과정, 타지오 일가에게 위험을 알리러 가면서 병색이 완연한 얼굴에 화장을 하고 머리를 염색하는 동안, 그리고 그가 최후의 순간을 맞는 결말 등에서 음악은 5~6분, 심지어 10분에 이르는 시간 동안 영상을 떠받친다. 이성을 앞질러 가버린 정념의 창백한 뒷모습. 심리적 갈등의 정점에서 마침내 산화해버린 한 예술가의 운명이 말러의 선율과 함께 전개되어 있다.

예술과 삶 간의 갈등, 그리고 그 조화의 문제를 다룬 토마스 만의 다른 작품 〈토니오 크뢰거〉에 이런 대사가 있었다.

"이봐, 난 인간미를 나누지도 않으면서 그것을 묘사하는 수작에 종종 죽을 것만 같다고."

무소르그스키도 그런 말을 했었지. 음악가도 언젠간 대위법이나 화성을 내동댕이치고 인생을 경험하는 편이 나을 거라고 말이다.

19세기 프랑스 사실주의 화가인 쿠르베의 그림 중에 '예술가의 초상'이라는 작품이 있다. 같은 제목의 드가의 작품에서처럼 나비

넥타이를 맨 신사는 찾아볼 수 없다. 가슴에 핏자국을 새긴 채 나무에 기대어 눈을 감고 있는 그림 속 주인공. 그리고 그 옆의 칼 한 자루. 목숨을 내건 결투가 끝난 후, 혹은 지쳐 몸을 누인 전장의 병사를 보는 듯하다.

세상의 한가운데를 온몸으로 치열하게 경험하고, 붓이 아니라 펜이 아니라 핏빛 선연한 고통의 흔적들로 자신만의 세계를 만들어 가는… 사람들은 그를 예술가라 부른다.

이 얼마나 멋진 세상인가!

눈부시게 축복받은 낮과
성스러운 밤.
그리고 나는 생각한다.
이 얼마나 멋진 세상인가!

루이 암스트롱의 낙천적인 찬가 'What a Wonderful World'는 참 묘한 감흥을 불러일으키는 곡이다. 프랭크 시나트라의 댄디함이나 기름기 가득한 목소리, 혹은 달관한 듯 유유자적하거나 아예 쓴맛 모르는 천진함이 곁들여져야 어울렸을 법한 노래. 그러나 윤기 나는 멜로디와 자유로운 트럼펫의 음색에 더해지는 것은 새치모 재즈 뮤지션의 가슴 밑바닥에서 끌어올리는 먹먹한 탁성이다. 전혀 어울릴 것 같지 않은 이 조합이 이보다 더 멋질 수 없는 대중음악사의 명곡이 되었다.

빈민가에서 태어나 창녀촌 뒷골목을 방황하다 소년원에서 음악을 시작한 이 흑인에게 세상이 어디 아름다웠겠는가. 관악기를 더 잘 불기 위해 스스로 입술을 찢었다는, 손가락 사이를 찢은 프란츠 리스트에 필적할 만한 집념을 가진 이 뮤지션에게 삶은 또 얼마나 고단한 것이었겠는가. 그가 세월의 무게를 견뎌내고, 피땀 흘려 자신만의 견고한 세상을 건설하고, 이렇게 노래한다. '오, 이 얼마나 멋진 세상인가!' 이 곡이 가장 인상적인 삽입곡으로 쓰였던 영화 〈굿모닝 베트남〉. 베트남은 전혀 굿모닝하지 않았다.

전쟁 중의 베트남. 파견 군인들을 위로하기 위해 미군 방송국의 새 DJ로 애드리안(로빈 윌리엄스)이 부임한다. 상부의 규제에도 아랑곳하지 않고 떠들썩한 만담에 록과 재즈를 곁들이는 애드리안의 방송은 하품 나는 올드 팝 일색이던 기존 방송의 틀을 깨며 병사들의 사랑을 받는다. 상사들과의 갈등이 커져가는 한편에서 전쟁의 실상을 목격하며 조국이 내세운 명분과 정체성에 대한 혼란을 겪는 애드리안. 사랑에 빠진 베트남 아가씨의 오빠가 베트콩과 연루되었음이 밝혀지면서 그는 결국 마지막 방송 녹음을 마치고 베트남을 떠난다.

전투기가 날고 화염 속에 아이들이 울부짖는다. 인간이 인간을 파괴하는 그 참혹한 현장 위로 'What a Wonderful World'가 깔릴 때, 가슴 한구석 서늘한 바람이 불어온다. 어느 순간 질끈 눈을 감게 된다. 단순하게 생각하면, 이 장면에서 이 노래의 쓰임새는 매우 정직한 반어법이 될 것이다. 세상의 가장 거친 단면 위에 낙관적 멜로디와 가사가 더해지며 아이러니의 효과를 내는 것이다. 뉴욕에서 지지리 고생하는 밑바닥 인생을 그린 이야기에 '이곳에서 내가 최고임을 과시하고 싶다' 어쩌고 하는 프랭크 시나트라의 'New York, New York'이 배경음악으로 깔린다면 정확히 이와 같은 경우가 될 것이다.

영화에서 음악을 이용한 반어법은 대체로 세상을 향한 냉소나 풍자, 진한 페이소스를 전하는 효과를 낸다. 〈굿모닝 베트남〉에서의 이러한 효과는 동시에 음악의 메시지로 영화를 강화하는, 즉 '살만한 세상에 대한 염원'이라는 지향점을 부각시키는 역할을 함께하고 있다.

여기서 좀 더 생각하면, 루이 암스트롱이 멋진 세상을 노래하기까지의 개인적 역사를 떠올리며 영화의 구조적인 특성과 연결시킬 수 있다. 이 영화는 베트남전을 다룬 영화로서는 드물게 전반적으로 매우 유쾌한 코미디 형식의 휴먼드라마 구조를 가지고 있다. 전쟁 소재 영화라 하기엔 지나칠 정도로 재미있다는 말이다. 루이 암스트롱의 삶이 그러했던 것처럼, 즐거움과 낙천의 표피 아래 어둡고 고통스러운 현실의 거름이 질퍽거리고 있음을 눈치 채는 데에는 그리 오랜 시간이 걸리지 않을 것이다.

그런데 여기서 더 생각하면, 아마도 감독이 전혀 의도하지 않았을 방향으로 가게 될 수도 있다. 루이 암스트롱은 흑인으로서 재즈사에 최초의 대형스타가 된 입지전적 인물이지만, 흑인 인권운동가들로부터 비난을 받기도 했다. 부귀영화를 누리며 흑인음악의 정체성을 고집하지 않은 변절자, '흑인도 노력하면 성공할 수 있다'는 식의 신화로 인종 갈등을 봉합하려 한 정치적 의도의 조력자로 비춰졌던 것이다. 사실 그 자신, 미국의 독립기념일인 7월 4일생임을 유독 강조하고 다닌 것도 가장 미국인다운 스타로 자리매김하려 한다는 오해를 살 만했다.

'What a Wonderful World'가 어쩌면 액면 그대로 그가 바라본 미국이 될 수도 있는 것이다. 이러한 맥락은 영화 전체에까지 연결된다. 베트남인들의 시각까지 아우르며 미국 중심의 전쟁영화들과 차별화하려는 노력을 기울였으나, 다소의 감상성과 맞물려 어쩔 수 없이 '그들에 의한' '그들의' 영화라는 비판적 평가가 공존하고 있다.

난 서로 악수하며 '어떻게 지내?' 라고 인사 건네는 친구들을 본다.
하지만 그들의 진심은 이것이다.
'당신을 사랑해요.'

'What a Wonderful World'의 가사가 마음을 파고든다. 사실은, 우리 모두가 그럴지도 모르겠다.

베토벤의 음악을 듣는다는 것

스탠리 큐브릭 감독의 영화를 본다는 것은, 적어도 나 같은 심약한 사람에게는 그리 즐길 만한 일이 못된다. 냉소적 시선을 유지하고는 있으나 상당히 상태가 양호한 〈배리 린든〉 같은 작품도 있긴 하지만 〈닥터 스트레인지 러브〉나 〈시계태엽 오렌지〉의 섬뜩한 장난기에 밤새 뒤척거린 날들이 있었으니, 거칠고 폭력적인 영상이 주는 충격뿐 아니라 그 불편함이 현대사회의 폐부를 너무도 아프게 찌르는 것이기에 더욱더 그러했다.

영화 〈시계태엽 오렌지〉. 가까운 미래, 영국. 베토벤에 심취해 있는 주인공 알렉스는 아무런 죄의식 없이 약탈과 방화, 폭행, 강간 등을 저지른다. 패거리들의 배신으로 감옥에 수감된 알렉스. 그는 정부의 갱생 프로그램에 참여하게 되고, 눈꺼풀을 고정시킨 채 인류사의 만행들을 끊임없이 보여주는 식의 끔찍한 방법으로 교화되어 신체가 폭력과 섹스를 거부하는 상태로 변화한다. 출소 후 자신이 그간 괴롭혔던 사람들로부터 복수를 당하던 알렉스는, 역시 그에게 아내를 잃은 피해자인 작가 알렉산더의 독특한 복수방법(가둬두고 베토벤 교향곡 9번을 계속 듣게 하는 것)을 견디지 못하고 창문에서 뛰어내려 병원으로 실려 간다. 그를 끌어들여 정치적으로 이용하려는 정부 관리. 다시 예전의 성향을 회복하고 '나는 완전히 치유되었다'고 떠드는 알렉스. 영화는 어떤 판단도 유보한 채 끝이 난다.

끝까지 불편하다. 모든 것은 그대로 남았다. 악한 것은 악한 것대로, 추한 것은 추한 것대로, 현대문명의 가늠할 수 없는 앞날은 또 그것대로. 폭력은 더 큰 폭력으로 희석되고, 악행과 부패는 스스로를 끝내 의심하지 않는다. 보는 사람만 가슴이 답답할 뿐이다. 그러니 이제, 어쩌자는 말인가.

자본주의 사회에서 도덕에 대한 세뇌로 욕망을 거세하며 육체에서 정신으로 전이된 감금의 역사, 인간성의 본질을 건드리지 못하는 교육 체계, 필요에 의해 폭력을 생산하는 정치나 지식인의 부조리 등등. 쉽게 바닥나지 않는 이 영화의 밑천은 그래서 더욱 보는 사람들을 괴롭게 만든다.

그래, 그래. 바로 그거지. 청춘은 가버려야만 해. 암 그렇지. 그러나 청춘이란 어느 의미로는 짐승 같은 것이라고도 볼 수 있지. 아니, 그건 딱히 짐승이라기보다는 길거리에서 파는 쬐끄만 인형과도 같은 거야. 양철과 스프링 장치로 만들어지고 바깥에 태엽 감는 손잡이가 있어 태엽을 끼리릭 끼리릭 감았다 놓으면 걸어가는 그런 인형. 일직선으로 걸어가다가 주변의 것들에 꽝꽝 부딪히지만 그건 어쩔 수가 없는 일이지. 청춘이라는 건 그런 쬐끄만 기계 중 하나와 같은 거야.

앤서니 버지스의 원작을 처음 읽었을 때, 아무런 죄의식 없는 그들의 모습에 화가 나기보다 숨이 막히는 고통을 느꼈다. 무감한 시대, 저 만연한 사회 구석구석의 폭력에 체념하고 익숙해져가는 것이 여전히 두렵기만 하다.

이제 베토벤 이야기. 스탠리 큐브릭은 클래식 음악을 극적으로 사용한 영화를 이야기할 때 단연 첫손에 꼽히는 감독이다. 헨델과 슈베르트를 남긴 〈배리 린든〉을 비롯하여 〈2001: 스페이스 오딧세이〉에는 슈트라우스와 리게티 등이, 〈샤이닝〉에는 바르톡의 많은 작품이 삽입되어 있다. 그중에서도 〈시계태엽 오렌지〉는 음악으로 인해 엄청난 센세이션을 불러일으켰는데, 알렉스 일당의 극악무도한 행동 위로 베토벤 교향곡 '합창'의 4악장인 '환희의 송가'가 흘러나오고, 패싸움 장면에 경쾌하기 그지없는 로시니의 '도둑까치 서곡'이 깔리는 등의 파격적인 시도들 때문이었다. 영화가 공개된 후 특히 베토벤 마니아들로부터 엄청난 반발이 있었다고 한다. 거리낌없이 불을 지르고, 놀이하는 것처럼 사람을 두들겨 패는 주인공. 베토벤에 대한 그의 열광은 무엇으로 설명이 될 수 있을까. 도대체 왜 베토벤인가.

생각해보면, 베토벤의 음악을 반어적으로 사용한 영화들이 더러 있었다. 레마르크의 동명 소설을 원작으로 한 영화 〈사랑할 때와 죽을 때〉. 베토벤 소나타 '열정'이 중심 음악으로 등장하는데, 특히 유대인들의 뒤를 쫓는 악랄한 게슈타포가 엄숙한 표정으로 베토벤을 연주하는 장면이 인상적이었다. 〈시계태엽 오렌지〉에서 알렉스의 캐릭터와 유사한 설정이다. 데이빗 린의 대하러브로망 〈라이언의 처녀〉에는 평범하고 소심한, 아내의 불륜까지 용서하는 무기력한 남편이 등장하는데, 그의 일상은 베토벤 교향곡 3번 '영웅'을 듣고 또 듣는 것이었다.

베토벤의 음악이 영화에서 반어적으로 자주 쓰이는 이유 가운데 우선 '남성적인 힘'의 상징이라는 점을 들 수 있을 것 같다. 빈 고전파를 대표하면서도, 하이든이나 모차르트의 음악이 보다 섬세하고 정적인 데 비해 베토벤의 음악은 동적이면서 강한 형식미를 보여준 것으로 평가받는다. 〈라이언의 처녀〉에서처럼 나약한 남성 캐릭터에 베토벤의 음악이 더해지는 경우, 자신의 현실과 이상 사이에서 아이러니의 효과를 불러일으키는 것이다.

성격파탄자나 비윤리적인 인물이 베토벤에 심취하는 경우는 어떨까. 모차르트의 경우 청중의 몰이해와 가난 등 개인적 불행을 겪었음에도 불구하고 음악은 대개 '천상의 소리'라 일컬어지는 화려함으로 각인되어 있다면, 베토벤에게는 평생을 독신으로 지내며 귀가 멀어가면서도 작곡활동을 계속한 '불굴의 의지'와 같은 수사가 따라다닌다. 스케일이 크고 웅장하면서 끈끈한 그의 음악은, 타고난 천재성의 발현보다는 인간적인 고뇌와 삶의 모순들 간의 충돌에서 빚어지는 엄숙한 아름다움이 주를 이루고 있다. 인류애를 지향했던 사상적 면모, 그러면서도 '크로이처 소나타' 등에서 보이는 숨 막히는 열정과 감각은 그 음악적 스펙트럼을 매우 광범위하게 확장시킨다.

이런 것들로부터 유추하자면, 〈시계태엽 오렌지〉에서 알렉스와 같은 인물의 베토벤에 대한 열광은 남성적 힘(혹은 권력)에 대한 집착을 넘어 자신에 대한 무의식적 자각에서 오는 보상심리가 작동한 것으로 보인다. 다시 말해 세속적 욕망과 삶의 모순을 넘어 숭고한 경지에 오른 베토벤의 음악을 통해 부도덕하고 폭력적인 스스로에 대한 자각을 희석시켰다는 것이다. 같은 맥락에서 히틀

러의 베토벤 숭상 또한 민족패권주의로부터 비롯된 기호, 예술의 정치적 도구화 외에도 이런 여러 요소들이 복합적으로 작용한 것이 아닐까 한다.

"박수를 치시오. 희극은 끝났소."

1827년 어느 봄날, 베토벤이 이 말을 남기고 눈을 감았다. 소리가 사라져버린 세상에 던진 말이었을까. 고단했던 삶과 사랑을 가슴에 묻고 떠나는 스스로에 대한 말이었을까. 귀가 멀어서도 끝내 음악가로 살아간 베토벤. 어려운 가정에서 주정뱅이 아버지에게 혹독한 훈련을 받으며 유년을 보내고, 귀족들의 지원 속에 음악활동을 했지만 그들에게 허리 굽히지 않았으며, 마음으로 지지하던 프랑스혁명 이후 귀족들의 몰락으로 힘겨운 말년을 보내면서도 현실에 낙담하지 않았다.

베토벤을 모델로 한 소설 〈장 크리스토프〉의 작가이자 가장 뛰어난 베토벤 전기 작가였던 로맹 롤랑이 세기말적 니힐리즘과 물질주의를 극복하기 위한 전범으로 파고들었던 베토벤의 음악과 그 사상은, 한 세기를 지나 20세기 말에도 같은 이유로 연구의 대상이 되었다. 로고스적 사유와 예술적 표현의 접점으로 베토벤의 음악과 그 정치적 함의를 탐구하는 작업은 앞으로도 계속 이어질 것이다.

늦은 밤, 몇 시간째 게오르그 솔티와 시카고 심포니 오케스트라의 베토벤 교향곡 전곡 연주를 듣고 있다. 인간 해방과 평등의 세상을 꿈꾸었던 음악가. 혁명가로서의 나폴레옹을 위하여 교향곡 '영웅'을 작곡하였으나, 그가 군림하는 절대 권력이 되자 분노하여 악보를 찢어버렸던 사람.

영웅이란 오랜 세월의 초인적 분투와 노력으로 고난을 극복하고 인류에게 용기와 위안을 불어넣어주는 사람으로, 그런 의미에서 베토벤이야말로 영웅 대열의 맨 앞에 세울 수 있는 사람이다.

로맹 롤랑의 베토벤 전기 서언이 떠오른다. 조용히, 고개 끄덕였다.